Cruel, *le premier long-métrage d'Éric Cherrière, a obtenu le Grand Prix du Festival du polar de Cognac. Réalisateur et scénariste, il a également publié* L'Inconnu *(Belfond, 2019) et* Je ne vous aime pas *(Le Cherche Midi, 2010), prix du Polar de la prison de la Santé.*

MON CŒUR RESTERA DE GLACE

Du même auteur

Gamine, guerrière, sauvage, Plon, 2021

L'Inconnu, Belfond, 2019, roman publié pour la première fois sous le titre *Mademoiselle Chance* (Le Cherche Midi, 2013)

Je ne vous aime pas, Le Cherche Midi, 2010

Occitanie Livre et Lecture a accompagné l'auteur de cet ouvrage par une bourse d'écriture (financement Région Occitanie, Drac Occitanie).

MON POCHE
14 avenue des Droits de l'Homme – 45000 Orléans

Éric Cherrière

Mon cœur restera de glace

MONPOCHE

Isabelle, Cristal

« Tous les drapeaux ont tellement été souillés de sang et de merde qu'il est temps de n'en plus avoir du tout. »

Gustave Flaubert

Maman a essayé de me tuer. Elle croyait que j'étais trop petit pour me défendre, pour nous défendre mon frère et moi. Je sais qu'elle nous aime, mais quand elle nous regarde, c'est notre bonheur d'avant qu'elle voit. Ses mains, ses yeux et même son odeur ne sont plus commandés par son cœur mais par la guerre. C'est aussi pour nous en protéger que maman a essayé de nous tuer. Mon cœur à moi, il restera de glace, et rien ni personne ne le possédera jamais.

Hambourg. Octobre 2020

Des hommes et des femmes fouillent un cerveau, son infini ravagé d'étoiles. Les ombres diaphanes du personnel médical se reflètent dans un scanner dont ils scrutent les méandres. Le corps de l'homme étendu dans la cabine de l'IRM est constellé de taches brunes, fleurs de cimetière traversées de veines grêles fuyant sous une peau de papier cigarette. Des sillons émergent du cou et serpentent jusqu'à un visage couturé d'estafilades. Blessures, rides, on ne fait plus la différence. Malgré l'extrême vieillesse, la vie est encore là, son mouvement visible à l'œil nu, une fragile palpitation.

Les chirurgiens évaluent l'emplacement des lésions avec la gravité des explorateurs confrontés à l'inconnu. Ils sont nombreux, beaucoup trop nombreux pour un simple patient, et leur parole abrite une autorité différente de celle des praticiens traditionnels. Les infirmières ne dissimulent pas leur dégoût pour ce presque mort. Ce n'est pas un rejet du corps ni de la maladie infectant ses cellules, mais de l'esprit qui l'habite. Une âme prompte à convaincre certains employés de l'hôpital qu'il existe un monde au-delà du tangible. Un monde odieux. Toutes savent ce dont cet homme est capable. Coupable. Le Croquemitaine.

Pour manipuler le corps du vieillard, l'infirmière Helena Frotzer enfile deux paires de gants l'une sur l'autre. Comme si une double épaisseur de latex pouvait la préserver de Thomas Kreutschmann, sur lequel échoue la médecine moderne aux algorithmes sans imagination. L'écran qui transcrit l'activité cérébrale du patient est agité. Des formes incertaines mais bien réelles s'y développent, grandissent, rapetissent, disparaissent, réapparaissent. Jamais elles ne se figent. Le vieil homme rêve avec l'intensité dévastatrice d'un enfant.

Dans le bus qui la reconduit chez elle, Helena Frotzer appelle une collègue qui entame une chimiothérapie pour un cancer du sein. Les nouvelles ne sont ni bonnes ni mauvaises, il n'y a pas grand-chose à dire mais ce pas grand-chose, Helena le sait, représente beaucoup aux yeux de son amie. Comme toujours, elles parlent de celui qui les révulse et Helena l'informe que les tumeurs du Croquemitaine sont en régression, celles du pancréas, des poumons, de la prostate, du cerveau. Aucun médecin n'est en mesure de fournir d'explication, et des spécialistes internationaux en oncologie se sont déplacés pour tenter de cerner le phénomène, estimant que le Croquemitaine pourrait faire avancer la lutte contre le cancer. Son amie ne dit rien d'autre qu'un « Merci d'avoir appelé », teinté du reproche de ne pas lui épargner des nouvelles qui ne font aucun bien. Le bip du téléphone abandonne l'infirmière sous chimio à un silence où bourdonne l'écho de sa maladie, et elle se formule qu'elle ne voudrait pas devoir sa guérison au Croquemitaine. Décidément, jusqu'au bout la vie serait décevante.

Helena Frotzer remonte une rue jonchée des feuilles de l'automne en prenant garde à ne pas glisser. Des tracts fleurissent et pourrissent sur le bitume. Helena les regarde sans les voir, traversant une mer de papier où un prospectus chasse l'autre. Au loin, la rumeur d'une ville éclaboussée de sirènes d'ambulance, de police ou de manifestants qui ont envahi les rues depuis le début de l'après-midi. Helena a quitté son domicile dans l'obscurité qui précède l'aube et rentre avec celle qui accompagne le crépuscule. Demain encore, elle retrouvera le monde des grabataires, côtoyés tout le jour à la lumière des néons.

Helena paie l'étudiante qui a ramené son fils de l'école, puis elle ouvre un paquet de pâtes et commence à préparer le repas du soir lorsqu'elle a une soudaine envie de fruits frais, des fruits d'été gorgés de vie et de couleurs, pas ceux de l'automne ni ceux des rayons des supermarchés qui enflent sous des néons semblables aux éclairages de l'hôpital. Elle veut les fruits de son enfance, qui mûrissent sur des arbres caressés de soleil, et elle sent sa mâchoire devenir cotonneuse, sa main qui n'arrive pas à se refermer.

L'enfant regarde sa mère, immobile devant la casserole. Elle lui fait penser à une statue de sel. Sa grand-mère, qui le garde souvent depuis que ses parents sont séparés, lui a raconté l'histoire des statues de sel de la Bible et il en a été fasciné. On se retourne et on est pétrifié. L'enfant n'a que 7 ans, il trouve que cela dure trop longtemps, cette maman de sel. Ce n'est plus du tout amusant. L'eau déborde et sa mère ne bouge toujours pas, les yeux bloqués sur la vapeur, les volutes de chaleur qui s'échappent jusqu'à la hotte et son courant d'air qui n'en est pas un. L'enfant est inquiet. Son « Maman ! » alarmé reste sans réponse. Elle ne bougera que pour chuter.

Haute Corrèze. Septembre 1918

« MAMAN A ESSAYÉ de nous tuer mais je ne lui en veux pas. J'emmène mon grand frère et on va bien finir par te trouver, papa. Quelque part, même si c'est sous terre. Je laisse maman qui n'est plus une maman. Papi Lucien fera ce qu'il faut pour elle, c'est mieux comme ça. »

L'enfant embrasse le sol. Ses lèvres fardées de terre, il referme le trou qu'il a creusé pour y murmurer des paroles que son père parti dans les tranchées n'entendra jamais mais dont il espère qu'elles voyageront jusqu'à lui, de racine en racine, au sein d'un humus d'ossements en poussière peuplant le sol. « Il y a eu tant de morts qu'ils doivent recouvrir la planète tout entière et se parler les uns aux autres », s'est dit l'enfant la première fois qu'il a ouvert la terre avec ses mains et a collé son visage pour y confier ses secrets à voix basse.

Comme les vivants ne l'écoutent pas, les morts seront ses messagers, et peut-être loin, très loin sur le champ de bataille, son père entendra sa petite âme. Il y aura bien, s'est convaincu l'enfant, dessus le vacarme des combats, une place pour quelques murmures et des sanglots.

Le garçon aux mains sales revient dans sa maison. Le village est encore endormi, il sait qu'il faut s'en aller avant l'aube. Peu, si peu d'années ont passé depuis une autre nuit, celle de sa naissance, à l'hiver 1907, mais aujourd'hui à 11 ans il est déjà aussi grand que sa mère. L'enfant entre dans la chambre de ses parents, la pièce où il est né, il prend les affaires dont il aura besoin et les range dans un sac à dos, épaisse toile de jute que son arrière-grand-père avait rapporté de la guerre de 1870 et sur laquelle est encore brodé son nom. Il n'oublie pas le fusil de chasse, celui-là est à son Papi Lucien, le grand-père parti sur le front essayer de sauver ce qui pouvait l'être encore.

L'enfant n'a d'abord aucun regard pour le lit de ses parents. À l'endroit précis où était apparue sa tête fripée entre les cuisses maternelles se trouve le corps de sa mère, allongé dans la même position qu'il y a onze ans. Sauf qu'il n'y a plus aucune vie en elle. Dans son ventre, il y a un métal froid. Une lame avec laquelle une mère a cru pouvoir épargner à ses deux fils les souffrances de l'existence mais qui s'est retournée contre elle. L'enfant retire le couteau du ventre d'où il vient, et c'est comme si le corps tout entier se libérait d'une tension. « Maman est partie chez les morts », se dit-il avant de plier soigneusement le couteau dans un tissu sans en avoir essuyé le sang sur la lame. Un couteau Morand, un couteau avec un nom, et quand on n'est pas bien riche ça fait beaucoup.

L'enfant n'est qu'un enfant, la carriole qu'il pousse est trop lourde pour lui. Il chute souvent, se relève toujours. Il continue. Quitter le village dans le silence qui précède l'aube l'a épuisé. Il a fallu bâillonner son grand frère afin que ses râles ne réveillent pas les habitants. Il a aussi fallu l'attacher pour que les maigres forces dont dispose encore l'aîné ne fassent pas basculer la charrette s'il venait à s'agiter. Derrière eux, le village n'est désormais plus qu'une figure géométrique complexe aux faces noires et aux lignes droites identiques à celles que l'enfant aimait dessiner pendant les heures d'école.

Il ne se retourne pas. Le village et les gens qui l'habitent ne sont plus que des souvenirs promis à l'oubli. La vie est devant, d'autres figures géométriques sombres vers lesquelles il emmène son frère et sa carriole. Lointaines et imprécises, ces figures sont faites des lignes brisées de la cime des sapins.

C'est à l'aube que l'enfant pénètre dans les bois, leurs troncs alignés dressent une muraille que peu de villageois franchissent et le cœur de la forêt demeure un refuge.

Tout petit, après l'école, l'enfant quittait le village, s'asseyait et regardait les bois, il écoutait. De chaque haie, chemin, fossé, clairière, il faisait une frontière. À observer d'abord, puis à rêver, imaginer ce qu'il y avait derrière et lui donner vie pendant des heures, des jours, des nuits. Il laissait à la forêt le temps de s'endormir au fond de lui. Les arbres et leurs racines, l'herbe, les nuages et le vent lui racontaient des histoires. Les animaux aussi, fourmis, araignées, asticots et couleuvres. Écureuils. Il approchait de ces frontières choisies, aussi réelles qu'imaginaires, il les longeait. Il regardait de l'autre côté dans un mélange d'exaltation et de patience, laissant monter le désir de franchir la limite, puis il traversait la frontière qui n'en était plus une et ne s'arrêtait que pour en inventer une autre, s'éloignant à chaque fois davantage, grandissant à mesure qu'il progressait dans les bois.

D'un coin de terre, il se fabriquait une mémoire, et de retour chez lui le souvenir devenait un trait de fusain, une arabesque, des pointillés. Pour dessiner sa mémoire, sur de grandes feuilles qui feraient l'admiration de la famille pendant des générations, l'enfant prenait exactement autant de temps qu'en avait nécessité l'observation. Il n'omettait rien de ce qu'il avait vu, jusque dans les plus infimes détails, le même nombre de branches sur un arbre et le même nombre de feuilles sur ces branches, même inclinaison d'une herbe, mêmes rochers autour d'un cours d'eau.

À observer et dessiner en silence, il voyageait entre ses souvenirs jusqu'à celui qui chassait tous les autres : son père s'en allant à la guerre, en août 1914. Où qu'il aille, quoi qu'il fasse, l'enfant emporterait toujours avec lui l'image de ce père qui se retournait sans cesse, sans les saluer, sans sourire, sans rien faire d'autre que partir en marchant à l'envers. L'enfant protège et chérit cette image autant qu'elle le meurtrit. Elle est un mal qui lui fait du bien. Il éprouve le sentiment que jamais rien d'autre ne lui appartiendra autant que ce souvenir. La dernière fois qu'il a vu son père.

Ce qu'il y a eu avant, les sept premières années de sa vie, il n'en a pas la mémoire, mais il sait qu'elles ont été heureuses. Si heureuses que rien ne devait pouvoir les détruire. Tous le croyaient.

C'est au cours de ses observations patientes que l'enfant a découvert que les arbres parlent entre eux, mais aussi avec les insectes et les étoiles. La poussière et le vent. La tourbe. Tout parle avec tout et lui, l'enfant, fait partie de ce tout. La première fois qu'il ouvre la terre avec ses petites mains, l'enfant murmure à voix basse dans le trou pour dire que maman a reçu un papier qui l'informe que son fils aîné doit lui aussi partir se battre contre les Allemands. L'enfant chuchote à son père qu'il faudra bien s'occuper de son grand frère quand il le rejoindra pour la bataille et il referme le trou avec ses petites mains bistre.

Chaque jour, l'enfant ouvre la terre pour parler à son père, lui confier des secrets, lui dire en pleurant la cruauté des camarades de classe qui le moquent en répétant tous ensemble : « Ton père ne reviendra pas ! Ton père ne reviendra pas ! » Et surtout qu'il sache comme il lui manque.

L'enfant arrête la carriole, ils sont loin maintenant, hors d'atteinte. Les bois ne semblent plus avoir ni entrée, ni sortie, ni direction. Il enlève le bâillon de son frère, libérant un râle que la forêt accueille d'un rayon de lumière, un sourire que le village ne lui a jamais offert. L'enfant ne délie pas les cordes qui empêchent son frère de tomber de la carriole. Pas encore. Il n'a pas besoin de s'excuser, ni d'expliquer quoi que ce soit. Le frère ne peut plus ni parler ni voir, à peine entendre, mais il sait que tout ce que l'enfant fait pour lui n'est qu'amour. Seul son petit frère aime encore celui revenu de la guerre, cet aîné si beau dont le visage n'est à présent plus qu'un trou bordé de chairs ravagées exhalant une odeur de viande faisandée. Un homme sans bras, un homme moignon qui conserve encore une jambe, une seule, mais aussi inutile que l'absente car dépourvue de pied. Avant de le découvrir ainsi, jamais sa mère n'aurait pensé que le retour de son fils puisse être plus douloureux que l'annonce de sa mort.

L'enfant s'arrête fréquemment, cueille des champignons qu'il mange crus. Il connaît les couleurs amies et doit prendre des forces pour pousser la carriole de collines en ravins, creuser son sillon à travers des fougères où s'accrochent les gouttes de la rosée du matin. Il n'a qu'à les secouer pour étancher sa soif, et c'est toute la forêt qui irrigue son corps. Bien que le terrain accidenté réclame davantage que les routes aux abords du village, l'enfant progresse mieux et plus vite.

Il existe au cœur du cœur de la forêt un endroit où vivent les sapins les plus anciens, protégés du vent comme de l'exposition au soleil, de la pluie, de la neige. Protégés aussi du regard des hommes. Une combe lointaine et tempérée qui fut un jour une frontière infranchissable devant laquelle l'enfant s'était dit : « Quand je serai grand, je vivrai là. »

Baie de Somme. Septembre 1918

Le train dépasse de longues enfilades d'uniformes avançant visages penchés comme s'ils comptaient les cailloux. Dans le wagon, Lucien Faure est le seul civil à rejoindre le front du nord de la France. Il sent peser sur lui de jeunes regards qui échangeraient volontiers leurs printemps contre ses tempes grisonnantes, ses 57 ans qui le dispensent d'aller alimenter le brasier. Lucien, qui avait déjà échappé à la guerre de 1870 en raison de sa jeunesse cette fois, n'ose plus regarder ces hommes pour qui les meilleures années d'une vie, celles de la vigueur et des commencements, sont aussi celles de la fin. En cette quatrième année de guerre, pas un ici ne se fait d'illusions sur ses chances de survie. Tous savent ce qu'est une tranchée, y compris les jeunes qui tout d'un coup sont devenus aussi défraîchis que les plus ridés de leur famille en revêtant les uniformes récupérés sur des soldats morts.

Lucien Faure passe la tête par la fenêtre pour essayer de voir les visages de ceux qui avancent vers les lignes en marchant. Il a l'espoir absurde mais vif d'y reconnaître son fils. Et peut-être même apercevoir ses yeux au bleu si singulier, un bleu ancien, une étincelle de ciel dans la marée grise. Mais le train va trop vite, les soldats sont trop loin et le paysage les a déjà capturés quand, comme à chaque fois, Lucien s'imagine voir la carrure de celui qu'il appelait « Mon Grand ».

C'est un blessé du village, de retour des combats, qui a informé Lucien des accusations qui pesaient sur son fils. On le disait déserteur et même traître. Des mois qu'ils n'avaient plus de nouvelles de lui. Lorsque le petit-fils mobilisé à 18 ans est revenu gueule cassée, Lucien a quitté son village, sa femme, sa fille, en se disant qu'elles au moins les tranchées ne les réclameraient pas, et il est parti à la recherche de son fils disparu. Essayer quand même de sauver quelque chose.

Lucien arrive dans le Nord par une matinée d'automne odieusement ensoleillée. Après plusieurs jours d'attente, un gradé du bataillon de son fils accepte enfin de le recevoir, quelques secondes à peine, moins d'une minute, car une minute, l'entend dire Lucien à son aide de camp, c'est soixante secondes, et avec ces nouvelles armes, au front soixante secondes c'est autant de vies perdues. Le gradé parle vite, comme s'il n'y avait plus de place pour la ponctuation, ni respiration à l'intérieur des phrases, il dit : « Votre fils est un lâche qui n'a réussi qu'à éviter le peloton d'exécution, voilà. » Lucien reste là, seul avec ces mots qui étouffent, et déjà il ressort de la tente de l'officier. Autour de lui, à quelques kilomètres du front, c'est la confusion. Lucien montre la photo de son fils à des soldats aux uniformes verts, les casques comme des assiettes, il demande s'ils le connaissent et entend parler anglais pour la première fois de sa vie. Il recherche des uniformes français. Il n'y en a plus beaucoup. Il tend la photo à tout-va. Un jeune homme lui dit qu'il sait où sont les compagnons d'armes de son fils et lui explique comment accéder au front. Lucien a envie de s'agenouiller, baiser la main de ce jeune homme tant il lui est reconnaissant, mais au lieu de dire « Merci » il dit « Pardon, pardon » et sort le plus gros billet qu'il a, le glisse dans la main du soldat en continuant de s'excuser.

Brandissant la photo de son fils qu'il montre à tous ceux qu'il croise, Lucien parcourt des tranchées qui ploient sous le feu, le métal, la boue, la merde et les larmes, qu'elles proviennent du ciel ou des hommes, et il se sent honteux comme jamais, lui qui a échappé à toutes les guerres. Personne n'en veut, de sa photo, elle ne signifie rien ici. On a fabriqué assez de munitions et assez d'obus pour faire chuter les silhouettes qui chargent mais il n'y a pas assez de brancards et trop d'hommes sans visage ni jambes, alors les secours choisissent qui oui, qui non. D'entrevoir ce que son fils et son petit-fils ont dû affronter, Lucien est dévasté de chagrin. Il les a vus grandir, il les a fait grandir depuis l'âge où ils tenaient dans sa main jusqu'à ce qu'ils aient celui de crever pour rien. Lucien Faure les aime plus que lui car il a vu bouger leurs corps et leurs âmes centimètre par centimètre, et le trou au fond duquel il est, où il boxe un vide, cette tranchée construite par des nations de honte a été plus forte que son amour de père et de grand-père.

C'est un soldat qui a combattu au côté de son fils qui l'arrache à son désespoir. Un Corse, un certain Maurice Poli qui l'emmène dans un abri.

— Il faut partir, monsieur Faure. Si un officier me voit vous parler il va me mettre en première ligne, on n'est rien pour ces gens-là, vous savez. L'ennemi c'est pas l'Allemand, c'est le gradé, et pareil des deux côtés, c'est votre fils qui disait ça.

— Qu'est-ce qui lui est arrivé ?

— Quand il a su que son fils, votre petit-fils, était gravement blessé et à l'hôpital de Saint-Valery-sur-Somme, il est parti, comme ça, sans rien dire à personne. Là-bas, il l'a vu, avec sa jambe arrachée et ses bras en moins et son visage qu'avait disparu. Il a voulu savoir ce qui lui était arrivé et on lui a dit qu'un colonel avait organisé une attaque suicide avec de jeunes recrues pour satisfaire un général qui passait en revue les troupes ce jour-là. Alors votre fils, il a cogné le colonel. Aucun troufion n'a voulu tirer sur lui et ils l'ont laissé fuir. Juré que c'est vrai. Il a enlevé son uniforme, s'est mis à courir tout nu vers les tranchées ennemies sous les tirs des mitraillettes et les obus allemands. Monsieur, pour nous les simples soldats, votre fils, c'est pas un traître.

Sur le chemin du retour, Lucien avait écrit chaque mot du soldat Poli pour finalement froisser le papier et le jeter par la fenêtre du train. Il sera bientôt de retour dans son village de haute Corrèze, où depuis août 1914 sa fonction de maire l'oblige à organiser les mobilisations, transmettre à la gendarmerie les papiers d'état civil des familles, à signaler les déserteurs de retour du front et dresser des listes d'hommes en âge de se battre. Depuis quatre ans, il fait tout cela sans rien montrer de son cœur grimaçant et il a l'impression que c'est lui-même qui envoie les hommes à la mort.

Lucien rentre sans la dépouille de son fils, mais au fond de lui une étrange quiétude s'est installée. Non, son fils n'était pas un traître. En pareille circonstance, Lucien voudrait avoir le même courage et il songe que si tous, des deux côtés, faisaient comme son fils, la guerre serait vite finie. Voilà ce qu'il dira à sa belle-fille et à ses petits-fils lorsqu'il rentrera. Qu'ils peuvent être fiers.

Il ne sait pas encore que lorsqu'il sera de retour, il n'y aura rien à dire à personne et qu'il faudra organiser l'enterrement de sa belle-fille.

Qu'après un fils, il aura perdu deux petits-fils.

Et son fusil.

Haute Corrèze. Janvier 1944

Les enfants ont repéré le bruit des moteurs mêlé à celui du vent. Dissimulés derrière des couvertures d'épines, du haut des arbres où on les a envoyés surveiller, ils distinguent trois camions identiques. Le même modèle, la même peinture, les mêmes insignes. Leurs mains tachées de résine s'agrippent aux branches des sapins qu'ils imaginent plus vieux que le plus vieux des dinosaures. En avoir les doigts poisseux les rassure, comme s'ils appartenaient eux aussi au monde de la forêt et non à celui des humains. Les enfants sont persuadés que les sapins ont vu les géants disparus dont ils conservent le souvenir sur leurs troncs étoilés d'écailles. Ils aiment en comparer l'écorce aux lignes des mains de leurs aïeux. Plus ils trouvent de similitudes, plus ils peuvent les croire immortels et espérer l'être eux aussi.

Le son des moteurs grandit et aucun gosse ne veut redescendre. La terre appartient aux adultes mais au-dessus du sol jusqu'à la cime des arbres, ont-ils décrété, c'est leur territoire. Après l'école, ils courent y discuter, rêver, rire et, pour les plus hardis, tenir la main des filles. C'est à celui qui ira le plus haut, là où le tronc s'amincit jusqu'à pencher, vous emportant et vous ramenant, un frisson dans les entrailles.

Les enfants savent que leurs parents ont discuté jusque tard dans la nuit. Certains voulaient partir. Il n'y avait pas d'autre solution, entendaient-ils depuis leurs chambres. Mais partir où ? Avec leurs mots et leurs émotions, du haut de leurs années et de leurs sapins, les enfants ont compris beaucoup de choses. Ils ont à présent une conscience aiguë de leur tâche de guetteurs, et les plus âgés imitent le glapissement du renard.

Des chiens faméliques dévalent les ruelles désertes, côtes saillantes, crocs ébréchés, pattes mouillées par la froidure de l'hiver. Tremblantes d'agressivité, les bêtes ont senti le danger et leurs aboiements rauques accompagnent l'arrivée toussotante des trois camions L4500A ornés du sigle Mercedes-Benz, carrosseries constellées d'impacts de balles. Des coups de feu et des rires s'échappent des véhicules, aussitôt suivis par les gémissements des bêtes blessées. L'acier traverse la chair, le sang s'épanche et la meute de chiens prend ses distances avec celle, motorisée, des loups.

Derrière des vitres encrassées de sueur et de postillons formant des constellations d'auréoles grasses, les soldats observent les façades froides, pierres plates, toits d'ardoises dentelées accrochant des lames de glace.

Depuis des fenêtres closes, les villageois regardent les soldats se disperser sans ordre ni rigueur sur la place de l'église. Du haut de sa boulangerie et de ses 83 ans maintenant, Lucien Faure détaille les vestes élimées d'un céladon sombre tapissées d'aigles dégrafés, vestiges d'un bataillon à l'étrange syncrétisme militaire où certaines mitraillettes proviennent d'autres guerres, d'autres campagnes. Comme si d'armée, il n'y en avait plus qu'une seule, aux uniformes informes barbouillés de rouge et noir.

Lucien Faure recherche dans cet amas d'hommes celui qui sera son interlocuteur. Le maître de la horde. Il avise un long manteau de cuir surmonté d'une casquette ornée d'une tête de mort. Faure serre les dents, espère qu'il y a aussi un militaire pour tenir le troupeau. Et pas trop jeune. Il a remarqué qu'il est plus difficile de négocier avec les jeunes hommes qu'avec ceux que la vie a éprouvés, bien souvent plus conciliants, l'ambition en berne, leurs certitudes évanouies avec les années.

Une voix émane d'un haut-parleur. L'accent allemand n'y écorche pas les mots et témoigne d'un respect de la langue française qui ferait presque oublier qu'il s'agit là d'ordres : tous les villageois doivent quitter leurs maisons, sortir sur la place. Avec leurs papiers. Le maire du village doit immédiatement se présenter au lieutenant von Wissen.

Lucien Faure franchit le seuil de sa maison, traverse les rangs défaits d'hommes trop jeunes ou trop vieux pour faire de bons combattants, moitié ébauches, moitié débris, regards à la fois harassés et hallucinés. Le seul terme qu'il comprend dans le jargon germanique craché à son visage est le mot *Alkohol*. Lucien Faure avance vers cette voix qui ordonne à des familles entières de placer leurs vies entre les mains d'hommes armés de mitraillettes. Un poste radio cabossé grésille, des mots en allemand s'échappent de la friture, grignotés par les parasites d'une ligne qui ne tient qu'à un fil.

Avec le bruit, Lucien Faure ne s'entend pas dire qu'il est le maire du village. Le haut-parleur piqué de rouille se tait, la main qui le serre s'abaisse et découvre un visage émacié barré d'un regard bleu clair, presque transparent, comme si la couleur s'évaporait d'un iris où subsistent quelques éclats d'un bleu ancien autrefois si familier à Lucien Faure. Nulle croix. L'emblème du parti a été déchiré de l'uniforme de cet homme où ne reste qu'un grade de caporal.

Le jeune caporal Stolker, à qui Lucien ne donne pas plus de 25 ans, marque une hésitation devant ce maire qui a l'âge d'être son grand-père, puis il s'incline et présente le lieutenant à ses côtés. Lothar von Wissen, vieux Prussien échoué dans cette unité en ruine, un accablement au fond du regard. Le lieutenant met fin à la tentative de Lucien de réciter un texte de bienvenue à l'occupant dans un allemand pénible à écouter.

— Je parle un peu français, monsieur…

— Faure.

— Je m'exprime moins bien que le caporal Stolker, monsieur Faure, mais si vous parlez lentement, nous pourrons nous comprendre. Vous êtes le maire de ce village ?

— Je l'ai été pendant trente ans. J'ai dû reprendre du service depuis que mon successeur a été fusillé. Il faisait partie de la Résistance.

— Ah. Je vois… Votre maison est loin, monsieur le maire ?

Un opérateur des communications informe une nouvelle fois Stolker du silence radio de l'unité B, puis le caporal et le lieutenant suivent le maire en direction de sa boulangerie. Du coin de l'œil, Lucien progresse en observant le gradé au long manteau de cuir assis sur une chaise installée au milieu de la place, un caporal lui aussi, mais de la Waffen-SS. Les papiers d'identité qui passent entre ses mains forment deux tas bien distincts. Autour du SS convergent des files de villageois dont les doigts serrent leurs papiers d'identité comme si quelques feuilles froissées valaient plus que leurs maisons, leurs terres. Plus loin, des soldats peinent à allumer un lance-flammes récalcitrant et son moteur noyé.

Devant l'entrée de la boulangerie, un petit groupe a encerclé un vieil homme qui n'a pas eu la prudence de raser une barbe trop frisée. À présent enflammée. Les soldats rient des poils roussis du vieillard sautillant, à qui l'on a attaché les mains derrière le dos. Ils applaudissent, lui ordonnent de danser et fument des cigarettes au tabac humide. Le vieux lieutenant détourne les yeux, voilà longtemps qu'il n'a plus l'énergie pour interdire ces choses-là. Pas Stolker. Il attrape la veste rêche d'un très jeune homme au regard perdu face à ses compagnons hilares. Walther Stalz, 16 ans, apprenti boulanger, natif d'Hambourg, uniforme griffé de croix, aigles, éclairs, claque des mains avec les autres, à contretemps et forcé. Stolker lui fait signe de le rejoindre puis il libère les poignets du vieil homme dont la barbe fume. Au milieu de la place, le caporal SS Friedrich Hünger continue sa vérification d'identité en adressant un regard courroucé à la jeune recrue, dont c'est la première mission. Stalz baisse les yeux face au SS et accompagne Stolker, dont Lucien Faure voit qu'il soutient le regard de l'homme du parti.

La boulangerie exhale une odeur de pain chaud enveloppant les hommes dans une douceur oubliée. À la recherche de viennoiseries, le regard du jeune Stalz chute sur une vitrine vide tandis que le lieutenant détaille le sol, ses carreaux de rosaces pâles et leurs fendillements témoignant d'une solidité, une longévité. Lucien Faure guette les lèvres du vieux lieutenant mais Lothar von Wissen repousse l'échéance, comme s'il se réfugiait dans l'observation des faïences aux arabesques démultipliées, sans même chercher les mots qu'il va devoir employer.

— Dites-lui que je suis apprenti boulanger. Dites-le-lui. S'il vous plaît, monsieur le professeur, murmure Stalz.

Depuis qu'il a rejoint cette unité de l'Ordnungspolizei, il y a quelques semaines, le jeune Stalz n'est jamais parvenu à appeler Herr Stolker « caporal ». Il lui paraît impossible que son professeur soit devenu un tueur armé. Tout comme il est inconcevable à Stolker que le petit Walther à qui il enseignait le français dans un collège d'Hambourg avant d'être mobilisé porte désormais une Maschinenpistole et qu'il s'apprête à devoir faire ce qu'eux ont fait, tant et tant de fois, ces dernières années en Biélorussie. À chaque regard porté l'un sur l'autre, tout leur paraît impossible. Leur vie, cette vie, le monde en guerre. Ce qu'ils font, ce qu'ils ne font pas. Le professeur

Stolker se le formule, chaque jour, avec des brûlures au fond de l'estomac et un abîme dans la poitrine. Le jeune Stalz, lui, ne se formule rien, mais il l'éprouve au plus profond de lui-même : oui, une vie impossible.

— C'est toi qui vas le dire. Tu n'as pas oublié ce que je t'ai appris ?

Une inquiétude s'allume au fond du regard de Stalz à l'idée de s'exprimer en français devant son ancien professeur. Il approche du maire, prend une inspiration. Il dit :

— Bonjour, monsieur, je m'appelle Walther et je viens d'Hambourg.

Son cœur s'emballe. Des mots sortent de sa bouche, des mots français et qui ne sont pas des ordres. Au collège, Steffen Stolker ne lui apprenait pas à donner des ordres mais à se présenter, à dire d'où il venait. L'école qu'il fréquentait, le sport qu'il pratiquait, ses passions. S'il avait des frères ou des sœurs. Son professeur lui apprenait à parler poliment, jamais à ordonner. Et c'est ce qu'il tente de refaire aujourd'hui. Mot pour mot. Stolker voudrait aider ce soldat redevenu un collégien consciencieux. Corriger son accent, lui souffler le vocabulaire perdu. L'encourager.

Plus le collégien s'applique, moins Lucien Faure comprend ce qu'il veut dire. Le jeune Stalz s'en rend compte et les larmes lui montent aux yeux. Comme s'il mesurait qu'il ne reste aujourd'hui presque rien de cette enfance qui n'aura servi qu'à fabriquer un soldat de plus. Un mort de plus. Stolker écoute celui qui fut son élève écorcher les mots... Un moindre mal. Un enfant à qui le pays mettait alors livres et crayons entre les mains. Aujourd'hui, des armes et des emblèmes. Et Stolker se demande quand et comment les choses ont commencé à se détraquer.

— C'est un beau... comment dites-vous ? questionne le lieutenant von Wissen en montrant le sol.

— Carrelage, répond Lucien Faure.

— C'est un beau carrelage que vous avez. Il a dû en voir, des choses.

— Il a toujours été là. Même quand j'étais gamin.

— Gamin ?

— Enfant.

— Alors il a vu les trois guerres.

— Oui.

— Mon père a fait celle de 1870, précise le vieux lieutenant.

— Le mien aussi, dit Lucien Faure. Il y est mort.

— Ah... Moi j'ai fait celle de 14. Et maintenant celle-là, poursuit le lieutenant. Mes hommes m'appellent « Papa von Wissen ». Au début, j'aimais bien qu'ils me surnomment ainsi, mais maintenant...

— Mon fils lui aussi a fait celle de 14, dit Lucien Faure.

— Où ?

— Dans la Somme…

— J'y étais. Qui sait, c'est peut-être lui qui m'a tiré une balle dans la jambe, dit Lothar von Wissen en se tapant la cuisse.

— Je ne crois pas.

— Je ne lui en voudrais pas.

— Il y est mort.

— Ah… J'en suis désolé, monsieur Faure, dit von Wissen en baissant les yeux, laissant passer un très long moment en secouant la tête dans le vide, sincèrement désolé… Voyez-vous, c'est une sacrée vie que d'avoir combattu deux fois pour le sort du monde… Une vie pourrie, dégueulasse, mais une sacrée vie, conclut von Wissen, les yeux dans le vague.

Aucune réponse de Lucien Faure. Si on veut lui prendre sa vie, se dit-il, il n'y peut rien, alors qu'on la lui prenne. Mais philosopher avec un homme dont le canon du fusil a peut-être tué son fils, non.

L'odeur qui embaume n'est plus une douce réminiscence d'avant-guerre mais celle du pain brûlé. Lucien Faure voit le jeune Stalz descendre ouvrir le four. Avec l'enthousiasme du garçon redevenu apprenti boulanger, il dit, en français et sans se tromper :

— Je sais faire, je sais, laissez-moi faire s'il vous plaît, monsieur le maire.

Au sous-sol, il pose son arme, retire les pains en s'appliquant à reproduire les gestes qu'on lui a appris. Mais il ne sort qu'une fournée de croûtes noircies.

— Écoutez, monsieur le maire... Nous devons...

Le lieutenant von Wissen cherche ses mots et il poursuit en allemand, laissant le caporal Stolker traduire.

— Nous devons repartir de votre village avec vingt-trois hommes. Ils rejoindront d'autres prisonniers à Tarnac, tous civils, quatre-vingt-dix-neuf au total, capturés par des unités de notre bataillon dans d'autres villages aux alentours. Ils seront pendus en place publique. Il s'agit d'une opération de représailles ordonnée par la Kommandantur suite à une attaque de la Résistance. Comme le commandant de notre bataillon ne veut pas s'aliéner la population, il a décidé de transformer ces représailles en action juive. C'est un travail d'ordinaire affecté à la police française, mais c'est une solution qui satisfait tout le monde... Nous savons que des Juifs ont été installés ici, qu'ils ont été intégrés à la population. Avec de faux papiers... Donnez-nous vingt-trois de vos Juifs et nous repartons.

Un silence.

— Alors ? demande le lieutenant von Wissen, les yeux fuyant vers les figures du sol, comme si les courbes hypnotiques pouvaient le faire disparaître.

Toujours aucune réponse du maire. Dehors, la tension ne cesse de monter, cran par cran. Des rires fusent parmi les cris.

— Comme vous voulez, dit le lieutenant. Si le SS que vous avez croisé sur la place ne trouve pas vingt-trois Juifs, nous prendrons des villageois au hasard.

Le jeune Stalz, dont le visage a surgi en haut de l'escalier, leur fait signe d'approcher. Ils descendent dans le sous-sol de la boulangerie et découvrent les pains de charbon. Stalz éteint le four puis examine une miche rassise que l'on a fait recuire, touche les pierres.

— On l'a allumé il n'y a pas longtemps. Avant la guerre, j'étais apprenti boulanger…, répète-t-il avec une mélancolie qui ne parvient pas à finir sa phrase. Ce n'est pas comme ça qu'on fait du pain, pas du tout, vous pouvez me croire, professeur.

En attendant que le four refroidisse, le lieutenant ordonne à Stalz de fouiller chaque recoin du sous-sol, et Stolker demande au maire si des villageois ont vu d'autres camions allemands, la veille. Lucien Faure acquiesce, oui, il a aperçu un camion Mercedes, en route pour Tarnac avec quelques prisonniers. Stolker questionne le maire sur l'unité qu'il a croisée : a-t-il remarqué un homme grand au regard bleu comme le sien ? Et qui lui ressemblait un peu ? Lucien Faure ne peut que hausser les épaules comme pour dire : « Oui, il y avait beaucoup d'hommes grands au regard clair. » Le maire fouille le bleu ancien des yeux de Stolker, interrogeant à son tour sa mémoire, ancienne elle aussi. Faure finit par répondre :

— Cette unité voulait éviter de tomber sur des résistants, ils n'ont pas suivi la route principale mais coupé par la forêt. C'est moi qui le leur ai conseillé… Je peux vous montrer le chemin qu'ils ont emprunté.

Obéissant toujours aux ordres, Stalz s'allonge pour inspecter l'intérieur du four. Évitant les points de chaleur, il se glisse avec appréhension dans la bouche d'ombre d'où émane une fumée à l'odeur âcre quand Stolker l'attrape par le col, le fait sortir et prend sa place. Le caporal rampe entre les pierres tièdes. Sa lampe n'éclaire que de vieilles fondations, mais le lieutenant indique un moellon descellé tout au fond. Le caporal fait pivoter un bloc, révélant une ouverture sur une pièce plongée dans l'obscurité.

Stolker éclaire la salle secrète. Le rond de lumière hésite entre les pierres sèches, tremblante clarté libérant des ténèbres grises aussitôt replongées dans un néant protecteur de poussière et de suie. Des visages émergent de l'obscur. Crayonnés d'effroi, ils accrochent et relâchent une lueur qui ne s'arrête pas sur eux. Un enfant, une vieille dame, un autre enfant, une femme, un vieil homme, un homme. Une famille. La chaleur les a contraints à ôter leurs habits. Pores dilatés, sueur, chairs flétries ou tendues, côtes saillantes. Et la peau plus claire, plus lisse, si pure des enfants. Nul bruit, nul souffle. Nulle autre protection que la peur. Le faisceau de la lampe torche glisse sans s'arrêter sur eux. Stolker les regarde sans les voir. Il finit son balayage de la salle secrète et déclare que l'endroit est vide. De là où il est, Stalz ne distingue pas ce qui s'offre au regard de son supérieur, mais il entend une petite voix d'enfant, fragile murmure français qu'assourdissent les pierres : « Il nous a pas vus, le monsieur ? » Stalz et le lieutenant comprennent que derrière cette ouverture il y a quelque chose. Quelqu'un. Mais pas un ne dit quoi que ce soit et Stolker sort du four à pain après avoir replacé la pierre descellée.

Sur la place du village, un géant blond, la peau comme du lait caillé, couvre les villageois d'injures et de coups pour qu'ils ramènent davantage d'alcool. *Alkohol !* Lucien Faure voit les soldats passer de maison en maison, d'où ils ressortent avec des vivres et des bouteilles de tout et de n'importe quoi. Un petit cochon court entre des bottes de cuir qui lui cognent le cul, rire des hommes, couinement de la bête qui s'écroule sous des coups de feu incertains, son corps rosâtre balancé dans un camion Mercedes.

Autour du caporal SS Friedrich Hünger, tout à son examen des papiers des villageois, on distribue aux soldats des petits tubes jaune et bleu remplis de pilules blanches avalées avec de l'alcool en une haie de culs de bouteille levés au ciel. Lucien Faure repère les personnes mises à l'écart, celles dont les faux papiers et les teintures de cheveux grossières dissimulent mal une identité toute neuve. Ceux-là ont droit aux canons de mitraillette, pointés vers les hommes comme vers les enfants, qu'on fait mettre à genoux. Vers les femmes comme vers les vieillards. Plus loin, le lance-flammes fonctionne enfin, crachant le feu entre deux gorgées d'alcool, gnôle, vin ou liqueur de noix. Un chien est attaché à un poteau et brûlé vif. Une odeur de poils cramés se répand entre les faces rouges des soldats hilares. Les hurlements de la bête se perdent dans le chaos de la place et les ordres vociférés, les rires, les cris des femmes dont on agrippe les seins, les fesses. Des mains grasses pénètrent des culottes déchirées pour saisir des toisons pubiennes et tirer et arracher jusqu'à brandir des touffes bouclées dans un poing serré. Stolker renvoie dans son camion un soldat chancelant qui attrape sa tête dans ses mains, tirant sur ses oreilles pour se les arracher.

Lucien Faure demande au vieux lieutenant von Wissen de faire quelque chose, de tenir ses hommes. Pour unique réponse, le commandant de l'unité va s'asseoir dans la cabine de son camion. À l'écart.

Désemparé, le maire se tourne vers Stolker, qui égrène nerveusement du tabac dans un papier froissé en regardant le SS dévisager Stalz et son air de gamin paniqué incapable de dissimuler un secret. De là où ils sont, Stolker et Lucien Faure voient le jeune Stalz agiter les bras, poulpe effrayé, indiquant la direction de la boulangerie, pointant un doigt, regard de crainte et de honte mêlées, vers le caporal Stolker. Son professeur.

À travers des corps et des sons qui ne sont plus que bruits de rage et gâchis de vie, le caporal Stolker et le SS Hünger s'observent longuement. Hünger quitte ses petits papiers froissés, deux tas, celui des vivants, celui des bientôt morts, et se dirige vers la boulangerie. Sommé d'accompagner le SS, le jeune Stalz se retourne vers son ancien professeur comme si maintenant il appelait à l'aide.

Stolker regarde la trentaine de prisonniers que les membres de son unité ont contraints à s'aligner. Genoux au sol, mains derrière la nuque. Le caporal fait le compte. Si l'on enlève les femmes, les enfants et les vieillards, il n'y a pas encore les vingt-trois pendus mâles réclamés par la Kommandantur. Stolker fait signe de s'éloigner à un soldat d'une cinquantaine d'années qui sourit avec compassion aux prisonniers, discute avec eux, les rassure, leur tend des cigarettes qu'ils n'osent accepter.

— Jorg ! hurle Stolker. Dégage ! Laisse-les !

Lucien Faure voit alors la silhouette courbée du dénommé Jorg se détacher des prisonniers puis revenir leur parler. Stolker jette une pierre à Jorg, qui s'éloigne à nouveau mais retourne aussitôt auprès des prisonniers sous l'œil pantois du maire.

— Il fait toujours ça avec ceux qu'on doit…

Stolker ne finit pas sa phrase, petit mouvement de menton vers le soldat compatissant.

— Il s'appelle Jorg Kühn, il était représentant en cigarettes Reemtsma. Vous connaissez les cigarettes Reemtsma, monsieur le maire ?

— Quel genre d'armée vous êtes ?

— Ordnungspolizei, dit Stolker en montrant l'écusson à demi dégrafé de sa veste.

Le caporal s'exprime d'une voix transparente, mais avec application, soignant sa prononciation du français et les liaisons grammaticales, comme si le respect des mots était son dernier espace de liberté, l'ultime vérité que sa pensée pouvait encore opposer à la réalité des faits. Aux ordres.

— Nous ne sommes pas des soldats, monsieur le maire. Nous sommes des hommes normaux. Des gens ordinaires. Comme vous. Comme tous ces villageois. Nous avons été mobilisés. Enrôlés de force. Trop vieux, trop jeunes, pas expérimentés. Et puis des comme moi ou des comme le SS pour donner un peu de tenue à l'ensemble. On nous a d'abord envoyés à l'arrière des lignes de combat pour maintenir la sécurité. Et puis en Pologne, en Roumanie, Bulgarie, Russie pour procéder à l'épuration des villages. Les Juifs… On a fait ça pendant trois ans.

Hünger ressort de la boulangerie avec la famille que le caporal Stolker s'est évertué à ne pas voir. On ne leur a pas laissé le temps de se rhabiller. Le père sait qu'il n'a plus aucun droit, et surtout pas celui de protester, sous peine que les corps des siens soient fendus à la baïonnette avant lui. Les prisonniers du four à pain s'en vont rejoindre les autres, les yeux à hauteur des mitraillettes, à la recherche du regard pâle de ce caporal qui a détourné les siens, comme si celui qui avait décidé de ne pas les voir pouvait encore les sauver. Comme si par son geste il était désormais responsable d'eux. De leur vie comme de leur mort.

Jorg Kühn, le représentant en cigarettes Reemtsma qui parlait aux prisonniers, ne sourit plus. Il pleure, intensifiant la frayeur des captifs, que l'on sépare en deux groupes. D'un côté les hommes valides, que l'on compte, et de l'autre les femmes, enfants, vieillards. Les sanglots des tout jeunes jusque-là contenus par la peur répondent à ceux du soldat Kühn. Les villageois dont les origines n'entrent pas dans la ligne de mire du SS regagnent leurs maisons, s'y enferment vite.

Des soldats approchent à la manière d'automates dysfonctionnels et se positionnent derrière les femmes, enfants, vieillards. Le groupe des hommes, pères, maris, fils s'agite, mais ils sont maîtrisés à coups de crosse. Vingt et un mâles. Hünger ordonne que l'on arrive au chiffre exigé et deux jeunes hommes sont immédiatement attrapés au hasard parmi les villageois imprudemment restés sur la place pour rejoindre ceux destinés à la potence.

Un drap blanc tendu au sol sépare le groupe des hommes de leurs familles. Nul besoin des talents de traducteur de Stolker pour exiger d'y déposer bijoux, montres, argent. Tout ce qu'ils ont sur eux et peut avoir une valeur y est abandonné tandis que l'on informe Hünger qu'il y a dix-neuf femmes, vingt-six enfants, vingt-neuf vieilles et vieillards.

Depuis la cime des sapins, les enfants guetteurs écoutent le tumulte s'élevant de la place du village. À travers les épines, ils voient un serpent composé d'hommes et de femmes, d'enfants et de vieillards. Soldats et prisonniers marchent côte à côte, formant d'insolites couples de victime et de bourreau. Deux par deux. Se parlent-ils, ceux en uniforme et les autres, durant les minutes que dure cette marche ? De là où ils guettent, les enfants ne les entendent pas, mais lorsqu'ils s'engagent dans le champ en bordure des sapins juste en dessous d'eux, ils reconnaissent des visages de camarades d'école qui donnent la main aux soldats. Protégés par les branches à l'épaisse ramure, les enfants guetteurs aperçoivent les prisonniers contraints de s'allonger face contre terre, parallèles les uns aux autres. Trois lignes droites d'une vingtaine de corps chacune. Les enfants guetteurs entendent des cris et les voix de leurs camarades. Ils voient ceux en uniforme manipuler leurs fusils, visser des baïonnettes. Enjamber les corps étendus de la première ligne. Frapper ceux qui voudraient fuir. Un soldat debout au-dessus de chaque prisonnier. La pointe de la baïonnette utilisée comme un viseur sur la nuque des femmes, enfants, vieillards.

Hünger et son manteau de cuir orchestrent la chorégraphie des dominants et des dominés. Deux uniformes accourent du village avec le lance-flammes et de nouvelles bouteilles de gnôle, on dirait des gosses en retard à l'école.

Sur la place de l'église, les villageois terrés derrière leurs fenêtres muettes voient des soldats ivres embarquer vivres et carburants. Les vingt-trois prisonniers mâles sont attachés par les poignets, encordés les uns aux autres avec du chanvre fourni par le maréchal-ferrant, lorsque résonne la première salve de coups de feu depuis l'orée des bois.

Quelques secondes suffisent aux hommes pour comprendre que l'on assassine leurs femmes et leurs enfants. Les pères hurlent, se débattent. Ceux en uniforme cognent, mitraillent au pied des prisonniers, échouant à faire taire les cris mais contenant physiquement les hommes. Stolker observe le visage du père de la famille qu'il n'a pas dénoncée en sortant du four à pain. Lui ne s'agite pas, il ne hurle plus, toute vie semble avoir déserté le regard qu'il pose alors sur son sauveur de pacotille.

Lucien Faure murmure à Stolker que fermer les yeux dans le four à pain n'aura pas servi à grand-chose.

— Fermer les yeux ne sert jamais à rien. Sauf quand c'est pour fermer ceux de son ennemi, conclut-il, maussade, en fixant le bleu ancien du regard du caporal.

STOLKER MARCHE en direction du champ bordé de sapins à l'entrée du village. Il a abandonné Lucien Faure sur la place, attrapé une bouteille de gnôle et ses cinquante degrés de fermentation qui effaceront un peu plus ce bleu, jadis si intense, qui ne demeure qu'à l'état d'éclats au fond d'un iris délavé. Il entend la deuxième salve de coups de feu. Et d'autres détonations désordonnées qu'il reconnaît, échos irréguliers des victimes ratées qu'il faut achever.

Exécuter un humain de près est plus difficile que de loin. Il ne le sait que trop. Stolker veut être présent pour la troisième série d'exécutions. Y en a-t-il encore parmi eux pour espérer ? Peut-être les enfants… Stolker veut voir mourir ceux que son silence aura échoué à sauver. Il veut s'infliger cela. Il veut croire qu'ainsi leur mort appartiendra un peu moins à l'oubli. Il veut et il ne sait rien de ce qu'il veut ou pas, il boit un peu plus, accélère le pas, croise d'autres uniformes tachés de sang et d'éclats de cervelles, faces déconstruites de qui abandonne. Stolker n'a aucun regard pour eux, il connaît la souffrance des bourreaux.

Les derniers hommes en uniforme se positionnent au-dessus des derniers prisonniers. Il n'y a plus assez de tireurs, beaucoup ont reculé après les deux salves précédentes. Longtemps, plusieurs mois, qu'ils n'avaient pas pratiqué une « action juive », comme disent ceux qui donnent les ordres et qu'on ne voit jamais. On leur avait pourtant promis que c'était fini, qu'ils n'auraient pas à faire cela en France. Qu'on procéderait autrement. Et puis avant ce n'étaient pas des Juifs français qu'on exécutait mais des Juifs polonais ou bulgares ou russes, des qui baragouinent une langue impossible, une langue de babouins de l'Est, pas des voisins à qui on a appris à dire « Bonjour, je m'appelle Walther Stalz » quand on était à l'école. Parce qu'il y avait déjà eu une guerre entre eux... Stolker reconnaît les corps dénudés des deux gamines du four à pain. Et leur maman. Encore vivantes. Il voit qu'elle essaie d'attraper la main d'une de ses filles, couchée à côté d'elle, deux mains tendues, se cherchant au hasard dans la boue et l'herbe gelée, mourir en tenant la main de la petite fille qu'elle aime. Au moins cela, elle le lui doit, à son enfant. Stolker détourne le regard, derrière il voit les corps des grands-parents du four à pain, nus et sans vie, qu'un soldat recouvre d'essence.

Et il voit Stalz qui est là. Lui n'a pas encore tiré, pas encore tué, jamais, et là il vise sa première victime, prêt à faire feu sous les instructions du SS. Le jeune homme boit l'alcool qu'on lui tend en grimaçant. Stolker voit Jorg Kühn, que la compassion démonstrative envers les victimes n'empêche pas de prendre sa place au-dessus de la mère des deux petites. Et puis Stolker voit Hünger et Hünger le voit.

— Il nous faut des tireurs.

Caporal contre caporal. Davantage une proposition qu'un ordre. Avantage politique au SS et à ses mémos envoyés en Allemagne, là où vivent leurs familles à tous, avec des observations sur l'état d'esprit de ces soldats qui n'en sont pas. Sur les réfractaires aux ordres. Et aussi sur les volontaires à féliciter. Aucune réponse de l'ancien professeur de français, qui continue de fumer sa cigarette mouillée, tabac humide à l'odeur de foin que fait passer une rasade supplémentaire de gnôle. Hünger prend une place désertée. Il manque encore trois tireurs. Hünger ordonne à certains d'enchaîner deux victimes l'une après l'autre. Le jeune Stalz fait partie de ceux qui devront tirer deux fois : viser avec la baïonnette en plaçant la pointe sur la nuque, tirer, puis tirer à nouveau si on a raté en éjectant la douille, puis encore éjecter la douille, et puis réarmer, viser la seconde victime avec la baïonnette, tirer.

Stolker jette sa cigarette, il marche vers Stalz avec une détermination qu'il se hait d'avoir, il lui arrache l'arme des mains et prend sa place, croise le regard empreint de gratitude de la jeune recrue qui dit « Merci » en français, Stolker le pousse violemment, Stalz tombe à côté d'enfants promis à la mort et qui pleurent.

— Va-t'en ! gueule Stolker.

Stalz dégage, répète « Merci ».

Hünger donne le la. Une balle dans la nuque d'une très vieille dame. Au bout du troisième meurtre, les hommes sont moins précis, dépassés. Les nerfs à vif, gestes brusques, mains tremblantes, fatigués, assommés, consumés. Quelques centimètres d'erreur et des bouts de crâne, des dents, sont projetés sur le tireur d'à côté qui rate à son tour son tir, dominos désarticulés de haine et de crispation. Panique. Alors il faut recommencer, agacé ou agressif. Dépassé. Maintenir le prisonnier comme on peut avec son talon, la botte sur son dos. Faire attention à ne pas se tirer sur le pied, comme souvent vu en Biélorussie. Femmes, enfants, vieillards. Pourquoi est-ce plus difficile de les abattre eux que des hommes ? Et surtout les enfants.

La question taraude certains. Sur le moment, l'alcool anesthésie… quoi ? Le doute ? Une ivresse les autorise à se croire tout permis. Après tout, ils sont l'élite, non ? Stolker, lui, sait : enfant, femme, vieillard, c'est comme tuer les siens. Alors que tuer un autre homme, c'est juste se tuer un peu soi-même. Un que l'on méprise. Et ça ressemble à une libération. Stolker tire sans faillir, une fois, deux fois, exécutant les victimes promises à Stalz.

Après l'épuration d'une ville entière de ses Juifs, leur deuxième opération, en Pologne, alors que le bataillon était au complet et les uniformes rutilants, Stolker, qui avait pour la première fois exécuté les ordres et participé au massacre, avait retourné son arme contre lui-même. Sans avoir ni la force ni la faiblesse de tirer. Force ou faiblesse… En tout cas pas la force de la retourner contre ceux qui donnaient les ordres.

Le SS est encore parvenu à transformer le professeur en un tueur, mais en prenant la place de Stalz, dont c'était le baptême du feu, Stolker a vaincu Hünger. Respect des grades toujours, le caporal Hünger suggère alors au caporal Stolker de montrer l'exemple en participant lui aussi à l'achèvement des derniers corps, les blessés et leurs râles qu'il faut éteindre. Aucune ironie, aucun cynisme chez le SS, mais une volonté de mater le professeur et ses belles idées qui ne sont bonnes qu'à disparaître. Stolker ne réagit pas, Hünger lui rappelle qu'il a des proches en Allemagne et un rapport sur sa mauvaise conduite pourrait leur valoir des ennuis. Chaque fois que le SS a agité la menace d'un rapport qui rejaillirait sur la famille du professeur, ce dernier s'est rallié au groupe, exécutant son quota de victimes. Stolker demeure immobile. Chaque homme a sa limite… Peut-être. Peut-être pas. Celle de Stolker n'est plus qu'une brume incertaine.

Le massacre est fini, il n'y a plus ni le vent ni les corbeaux, ni même le silence. C'est un silence sans le silence. Stolker regarde la fumée monter vers le soleil. Son regard s'élève jusqu'à la cime des sapins où s'agitent des branches de la même couleur que son uniforme. Hünger s'arrête devant ce visage immobile tourné vers le ciel puis s'en retourne en direction du village, sans un regard pour le sapin des enfants-guetteurs. Dans son dos, il entend Stolker l'apostropher.

— Vous savez qu'un jour je vous tuerai ?

— Oui, certainement.

Et le SS s'éloigne.

Un ruban de brume absorbe les camions Mercedes-Benz et les enfants redescendent sur la terre des adultes en se demandant pourquoi celui-là ne les a pas dénoncés. Ce serait un méchant pour de faux alors ?

Les hommes du rang s'entassent à l'arrière des véhicules, leurs uniformes éclaboussés du massacre. Une crasse nourrie de la volonté inconsciente de ne rien nettoyer, comme pour afficher la meurtrissure de leurs âmes, s'était dit Stolker un soir qu'il examinait ses compagnons d'armes après un carnage.

Dans la pénombre et les suspensions fatiguées, on joue aux cartes. Échines courbées sur des jerricanes d'essence, on partage mollement les bijoux recueillis dans le drap blanc en se disant que ce collier ira pas trop mal à sa femme et cette montre à son père ou à un frère. On ne se regarde jamais. On boit.

Dans l'habitacle du camion qui ouvre la route, le vieux lieutenant a fermé les yeux, donnant à voir la peau préservée des paupières, dont l'étrange douceur contraste tant avec celle du reste du visage. Lucien Faure est là, pour indiquer le chemin emprunté auparavant par l'unité B. Les deux caporaux et le maire regardent défiler les arbres, sentinelles d'une nature immobile, morne plaine heurtée de racines à l'air, cernée de collines. Au loin, les lignes brisées d'une forêt de sapins vers laquelle ils se dirigent.

Hünger examine avec méfiance cette nature inentamée, comme si sa beauté avait le pouvoir de retenir jusqu'à la respiration du SS, comme si elle étouffait ses humains. Comme si, aussi, elle dissimulait quelque chose. Dans l'habitacle enfumé du tabac de Stolker plane le même silence que chez les hommes du rang ou les prisonniers. Une bouteille d'alcool, à laquelle le vieux maire refuse de boire, passe de main en main avant d'être jetée par la fenêtre.

— Vous avez des enfants ? hasarde Lucien Faure.

— Qu'est-ce qu'il dit ? demande Hünger.

Stolker traduit.

— Deux, répond Hünger. Un garçon et une fille.

— Et vous ?

Cette fois le maire s'adresse à Stolker, qui hésite un instant puis porte la main à sa poitrine, côté cœur, extrayant d'une poche de son uniforme un paquet de photos écornées. Il en montre une au vieil homme.

— Il a quel âge ?

— Dix-sept mois... et neuf jours. Une fille.

— Et elle s'appelle comment, cette petite fille ?

— Flora.

— Ça fait longtemps que vous portez l'uniforme ?

— Ma femme était enceinte quand j'ai été enrôlé. Je venais d'avoir mon premier poste de professeur. Je n'ai enseigné que quelques mois.

— Vous ne l'avez jamais vue, votre fille ?

— Non, mais un jour je la verrai, je le sais, je nous en ai fait la promesse...

— Et lui, il était quoi avant ? poursuit Faure, indiquant Hünger d'un geste de la tête.

Hünger interrompt la discussion qui s'installe dans cette langue qu'il ne comprend pas.

— Qu'est-ce que vous vous racontez ?

— Il veut connaître ton métier.

— Dis-lui que j'étais chasseur. En Forêt-Noire. Je chassais des cerfs. Demande s'ils en ont ici.

Stolker traduit.

— On en a, répond Lucien Faure.

— Je vendais la viande aux auberges, continue Hünger. J'y ai rencontré des hommes qui aimaient cette chair-là et voulaient aussi la chasser. Ce sont eux qui m'ont fait entrer au parti.

Le maire du village rend la photo de sa fille à Stolker, qui la replace sur un cliché plus ancien, une famille posant dans ses beaux habits : la mère, le père et leurs jeunes fils, deux blondinets aux yeux clairs, sourires prisonniers d'un passé de celluloïd. Lucien Faure risque un œil sur la photo de famille, mais à cette distance sa vue ne parvient pas à faire le net et les visages restent flous.

— Ce sont mes parents, dit Stolker avec dans la voix une tendresse et une amertume mêlées. Et là mon frère. Il fait partie de l'unité que vous avez croisée, ceux que l'on suit.

À l'évocation des siens, le regard de Stolker retrouve un peu de ce bleu si singulier.

Lucien Faure indique un sentier qui mène aux bois et les camions s'arrêtent à la croisée des chemins, là où des traces de pneus s'éloignent en direction des sapinières. Hünger descend examiner les empreintes laissées dans la boue.

— Ils sont passés par là. Il suffit de continuer tout droit. Il n'y a qu'un seul chemin. Impossible de se tromper, vous arrivez directement à Tarnac. Vous gagnerez au moins trois heures. Et puis, vous savez, il y avait bien un gars qui vous ressemblait un peu dans cette unité-là, ajoute Lucien, avec pour la première fois un sourire. Il avait vos yeux. Ici, on dit bleu ancien. Mon fils avait les mêmes.

— Ah… Mon frère et moi, murmure Stolker, les tenons de notre père, voyez.

Et avant de rejoindre Hünger pour décider du chemin à suivre, il tend au maire la photo de la famille gardée précieusement contre son cœur.

Après ce à quoi il a encore assisté aujourd'hui, la parodie de bonheur qui se joue devant l'objectif ne fait qu'accentuer les aigreurs d'estomac du vieux maire. Dans les traits de l'enfant, il recherche quelque chose qu'aurait conservé le jeune adulte prématurément vieilli qu'est devenu Stolker. Les pliures du papier dessinent sur le visage enfantin des rides que la guerre a fini par inscrire dans la peau du caporal. En découvrant le père des deux frères sur la photo, Lucien ressent des fourmillements au bout des doigts, une crampe dans la main qui froisse les visages argentiques. Les yeux fatigués du maire fixent incrédules ceux du père de Stolker. Son cœur lui fait mal. Il est à hurler ce cœur, à crier, mais aucun son n'en sort, juste un visage du passé, son Grand, son fils parti à la guerre, jamais revenu.

Et il est là ?

Dans sa main ?

Ce même regard, cette bouche héritée de sa mère, ce front qui est aussi le sien à lui, Lucien. Le visage de ce fils mobilisé en août 1914. Avec des rides et des blessures que ne connaissait pas Lucien. Avec une famille inconnue.

Stolker et Hünger hésitent entre une route au goudron déchiré et un chemin de terre s'enfonçant dans la forêt où disparaissent les traces d'un camion.

— On en est où avec la radio ? demande Hünger.

— Toujours le même bourdonnement, il y a une ligne mais personne à l'autre bout.

— Ça ne me plaît pas, on prend la route normale, décide le SS en désignant la voie goudronnée.

— Non. Suivons l'autre unité et passons à travers bois, dit Stolker.

— Ce n'est pas à toi qu'ils obéiront, lui rétorque le SS.

Le lieutenant von Wissen sort alors de son habitacle et de son mutisme.

— Vous avez raison, caporal Hünger, c'est encore à moi qu'obéissent les hommes, et je vous remercie de ne pas l'oublier. Notre devoir est de retrouver les membres de notre bataillon et de les ramener. Monsieur le maire sera notre guide. Je sais que vous appartenez, Hünger, à un monde où l'on voit les choses différemment, mais c'est ainsi que se menaient les guerres de mon temps.

Hünger relaie les ordres sans rien exprimer, Stolker approche de Lucien, toujours assis dans l'habitacle. Immobile. Son bras replié sur les genoux, il serre la photo de famille dans une crispation de tout le corps qui lui donne des allures de statue de sel. Stolker agite la main devant les yeux du vieil homme sans déclencher aucune réaction. Sa mâchoire inférieure est secouée d'un tremblement. Stolker saisit la photo, mais la pression des doigts l'empêche de la retirer, comme si Lucien voulait la conserver. Von Wissen approche :

— Qu'est-ce qui lui arrive ?

— En voilà un qui ne mourra pas sous nos balles, on dirait une attaque cérébrale, soupire le caporal.

Et il desserre un par un l'étreinte des doigts autour des visages de sa famille.

Le corps du maire est enlevé de la cabine, puis déposé à même la terre en bordure du chemin. Espérant un sursaut, Stolker pince les avant-bras, le gifle. Il n'obtient que de vagues tressaillements. Stolker croise alors les mains du vieil homme sur sa poitrine avec une solennité qui, si étrange qu'elle soit en pareille circonstance, n'est absurde pour aucun de ceux regroupés autour du corps. Le professeur a un geste pour clore les paupières de Lucien mais elles se rouvrent lentement, comme si au fond de lui quelque chose résistait encore à la mort. Les hommes du rang s'échangent des regards empreints de gravité et le jeune Stalz demande s'ils doivent dire une prière avant de partir, déclenchant le rire moqueur du SS.

— Voilà au moins qui règle notre problème, déclare Hünger, on ne traversera pas les bois sans lui.

— Nous partons comme prévu sur les traces de nos camarades égarés, caporal Hünger. À la différence d'un SS, un véritable soldat ne doit avoir besoin de personne, conclut le lieutenant.

Abandonnant le maire, les camions s'éloignent dans une explosion de ferraille aux engrenages grippés. Bientôt le ronflement des moteurs ne sera plus qu'un bourdonnement diffus avalé par la forêt. Lucien Faure entend, voit, mais il ne peut bouger, comme si l'étrange clarté du regard du père de Stolker avait court-circuité son corps. L'émulsion photographique devenue émotion dévastatrice. Ses doigts, ses mains, ses jambes ne répondent plus aux ordres émis par son cerveau. Sa langue est morte. Pourtant il a des choses à dire, des questions surtout. Qui le taraudent. « Je dois savoir… avant de mourir, je dois savoir…, se répète-t-il en boucle afin de canaliser le flot des pensées qui l'assaillent. Je dois savoir si… »

Bouger lui semble une île lointaine qu'il voit sans pouvoir l'atteindre, il est un nageur immobile que réclament des fonds obscurs et patients. Son corps inerte lui rappelle celui de l'aîné de ses petits-fils au retour des tranchées, ce gamin dont l'existence n'aura été rien d'autre qu'une impuissance. Gueule cassée sur une jambe. Allongé sur le dos, face tournée vers le ciel, Lucien s'épuise à demeurer immobile, cesse de vouloir quoi que ce soit et finit par se résoudre à ce que la mort le prenne. À son rythme, à sa convenance à elle. Tant pis s'il ne sait jamais s'il a rêvé ou pas dans l'habitacle de ce camion allemand. Peut-être est-ce mieux ainsi.

À 83 ans, Lucien Faure a traversé trois guerres contre les Allemands sans avoir tiré un seul coup de fusil. Trop jeune en 1870, trop vieux pour celle de 1914, hors d'âge en 1939, il sera passé entre les gouttes du combat au front mais y aura perdu un père contre les Prussiens, un fils et l'aîné de ses petits-fils sous les obus. Et le second, parti à 11 ans avec le fusil que Lucien n'aura pas eu le temps de lui donner. Ah, elle était belle, sa famille… Ne reste à présent plus que sa fille, Léa, sur elle seule repose l'avenir de la famille et cela, jamais Lucien ne l'aurait cru. Il l'aime sa fille, et puis elle est jolie, et intelligente avec tout ça, bien plus que tous les hommes de la famille, c'est l'instituteur qui l'avait dit, mais ici ça ne sert pas à grand-chose, une fille, c'est tout juste bon à perdre le peu de richesse qu'on possède et ça ne peut même pas voter ! Ce n'est pas elle qui pourra perpétuer ce nom, Faure, qui disparaîtra avec lui sur ce chemin gelé. Ou au fond des bois. « Foutues lois et foutues traditions », se dit alors Lucien, et ça non plus, il n'aurait jamais cru le penser.

Sur le gris du ciel, il projette l'image avec laquelle il veut mourir : celle de son Grand qui part à la guerre en août 1914, ne cessant de se retourner sans répondre aux signes des siens. Tout, dans le regard bleu ancien, dit qu'il sait qu'il ne rentrera pas. Ce regard d'un fils perdu continue de meurtrir Lucien, façonnant une image indélébile qui le hante mais dont il ne se déferait pour rien au monde. L'oublier serait mourir plus encore. Elle est la plus fidèle représentation de sa vie. Et quand les silhouettes des appelés de la mobilisation d'août 1914 s'étaient fondues en un point flou absorbé par la ligne d'horizon, Lucien, sa belle-fille et ses deux petits-fils étaient restés longtemps figés, hébétés, comme s'ils avaient besoin de fixer un vide pour croire au départ d'un fils, d'un mari, d'un père.

Après ça, Lucien était descendu dans son four à pain et il avait regardé la pâte cuire, brunir puis noircir, sans un geste, incapable de faire quoi que ce soit. Les pains s'étaient craquelés, pétrifiés, transformés en poussière de charbon sous ses yeux. Il avait éteint le feu, poussé le pain noir au fond et employé les jours suivants à construire un mur, réduisant d'un tiers la taille du four familial, créant sans y penser vraiment une pièce secrète. Maintenant que son fils n'était plus là pour travailler avec lui, il n'avait pas besoin d'un si grand four, trop compliqué à chauffer. En construisant le mur de briques, Lucien avait calculé que dans trois ans son petit-fils aîné aurait l'âge d'être mobilisé. Tout le monde disait que la guerre serait finie d'ici là, mais Lucien avait appris à se méfier de tout le monde. Tout le monde ne raconte que des conneries.

Le froid a gelé le cœur du vieux Faure, des vers de terre sont remontés depuis les profondeurs où ils se réfugient en hiver, ils grimpent le long du cou de Lucien et forment d'étranges caravanes dans le désert de sa peau fripée, à la recherche de cavités et des sécrétions qu'elles produisent. Sans pouvoir rien faire pour les éloigner, Lucien les sent pénétrer ses oreilles, avancer jusqu'aux narines et s'aventurer aux commissures de sa bouche entrouverte. Lorsque les vers retourneront sous terre, le sol se nourrira de cérumen, de mucus nasal.

De racine en racine, la forêt tout entière saura bientôt qu'un homme est en train de mourir.

Hambourg. Octobre 2020

Les avions épuisent leurs réserves de carburant en faisant des ronds au-dessus de l'aéroport d'Hambourg. Projetés contre la carlingue, les flocons de glace s'écrasent sur les hublots pour être aussitôt ravalés par la nuit et nourrir la tempête qui interdit aux avions de se poser. Dans l'espoir d'assouplir l'humeur des voyageurs, le personnel à l'uniforme siglé du logo de la compagnie aérienne distribue des boissons gratuites à ses clients. Beaucoup ont calculé qu'entre l'offre low cost et l'alcool gratuit ingurgité en altitude, ce trajet depuis Paris ne leur aura vraiment rien coûté. Certains se persuadent même avoir gagné de l'argent.

Derrière les immenses baies vitrées du hall d'arrivée, Philip Brühl et Elise Kreutschmann regardent les feux de position des appareils traverser des nuages encrassés. Elise Kreutschmann ne dit rien, mais quelque chose en elle se prend à espérer que les avions restent suspendus entre deux mondes ; peut-être alors l'avenir ne sera-t-il plus l'otage d'un passé qui continue de lancer ses anathèmes.

L'Airbus A320 tout coloré de fierté européenne finit par se poser sur une piste gelée. À travers les vitres des contrôles de sécurité, Philip et Elise observent Stéphane Faure. C'est la première fois qu'ils se voient autrement que par le truchement d'écrans d'ordinateur.

Dans la Mercedes-Benz de Philip Brühl, les deux hommes échangent en français des considérations sans importance sur le voyage et la météo. Assise à l'arrière, inquiète et épuisée, Elise Kreutschmann les écoute parler. Dans le rétroviseur, Stéphane l'observe et elle sent son regard sur elle, sur sa cinquantaine fatiguée, son visage émacié, ses habits bon marché. Leurs yeux se croisent sans que Stéphane manifeste quoi que ce soit, la forçant elle à sourire la première.

Au vingt-septième étage, Stéphane se rafraîchit dans sa chambre d'hôtel. Il se dit qu'il rangera ses affaires plus tard, ou bien il les laissera dans sa valise. Qu'importe. Il ne se demande pas vraiment pourquoi il est là, pas plus qu'il ne s'est posé la question de savoir s'il fallait ou non accepter cette invitation à se rendre en Allemagne, de la part d'inconnus qui eux connaissaient son nom. Et ceux de ses ancêtres. À 44 ans, Stéphane n'a jamais vraiment quitté le village de haute Corrèze où il est né et où il pratique le même métier de boulanger que son père, son grand-père et tant d'autres avant lui. Les foules des quelques villes qu'il a traversées, toutes ces solitudes de masse qui deviennent des lumières électriques quand tombe le soir, l'ont toujours rendu mélancolique, désireux d'une vie qu'il n'aura pas.

Au son d'une musique toute en cuivres et percussions, l'ascenseur qui descend au bar de l'hôtel où il a rendez-vous lui laisse le temps de se coiffer, de rajuster sa chemise, donner une contenance à son regard. Le miroir lui renvoie le reflet d'un homme qu'il ne reconnaît pas entièrement.

Elise Kreutschmann, Philip Brühl et une poignée d'universitaires attendent Stéphane dans un salon privé. Philip présente ses collègues historiens de l'université de sciences humaines d'Hambourg puis engage chacun à s'asseoir. Il s'adresse à Stéphane.

— Voilà plus de vingt ans que la maladie d'Alzheimer a plongé M. Kreutschmann dans le mutisme, et lorsqu'il s'est contre toute attente remis à parler, il y a quelques mois, c'est en français qu'il s'est exprimé, une langue qu'il n'avait plus pratiquée depuis la guerre. C'est là qu'il a parlé de vous, Stéphane, ou plus précisément de votre famille. La famille Faure, Lucien, votre arrière-arrière-grand-père. De votre village et de ce qui s'y serait passé pendant la guerre, et il a exprimé le désir de vous rencontrer. Merci encore d'être venu, ce qu'il a à nous dire est très important. Pour comprendre… À 101 ans, il est l'un des tout derniers combattants encore vivants.

— « Kreutschmann » n'est pas son véritable nom, poursuit un autre universitaire. Il en a changé après son jugement par le tribunal d'Hambourg en 1967 où il a été condamné à une peine de prison pour les crimes qu'il a commis pendant les derniers mois de la guerre. Nous préférons continuer à l'appeler ainsi pour des raisons de discrétion et ne pas porter préjudice à une famille qui a déjà beaucoup souffert. Il faisait partie d'un bataillon de l'Ordnungspolizei. Des civils, des gens ordinaires, comme vous et moi, réquisitionnés pour assister la Wehrmacht et prendre part à l'extermination des Juifs. Avant d'être envoyé en France, il avait participé aux premières actions contre les Juifs, notamment en Russie. Certains jours, ils recevaient l'ordre de fusiller des dizaines et dizaines d'hommes, de femmes et d'enfants.

Philip Brühl poursuit. Sa voix est blanche, elle place chaque mot sur le même ton, le même niveau sonore, comme si la nature des propos interdisait toute manifestation d'affect.

— Une partie de notre travail consiste à étudier la souffrance psychologique des bourreaux qui épuraient villes et villages russes. Le bataillon auquel appartenait M. Kreutschmann a fusillé 549 Juifs le 27 août 1941, 369 Juifs le lendemain, 88 Juifs le 1er septembre, 45 le lendemain, et pour la seule journée du 4 septembre 1941 son bataillon a fusillé 4 144 Juifs, et je vous assure monsieur Faure que ces chiffres sont véridiques et vérifiés, le 6 septembre, 144 Juifs, 1 548 le 11 septembre, 1 255 Juifs le 12 septembre…

Stéphane se concentre sur l'énumération. Chiffres et dates s'accumulent, enveloppant d'abstraction la vérité historique. Il voit Elise baisser les yeux à l'évocation des massacres auxquels a participé son grand-père, son corps se tasser comme s'il supportait le poids des morts. Philip Brühl termine son inventaire sans en finir avec ce qui ne peut l'être, un drôle de goût dans la bouche, l'impression qu'il y a autant d'obscénité à dire ces actes, même froidement, qu'à les passer sous silence. L'historien conclut en expliquant que c'est la difficulté à organiser la mise en place pratique des meurtres de masse, victimes et bourreaux face à face, l'impact sur le moral des soldats allemands, qui a poussé les hauts dignitaires du régime nazi à imaginer les camps de la mort. Plus Philip parle, plus il transpire. Une lueur s'est allumée au fond de son regard, et ses phrases sont empreintes d'une confusion que Stéphane attribue d'abord à une pudeur, avant de comprendre qu'il y a aussi chez l'historien une exaltation à articuler des concepts liés à l'horreur des camps.

Tous se tournent vers Elise sans oser la regarder vraiment. Elle prend la parole, et Stéphane découvre que, malgré un niveau d'études qu'il soupçonne modeste, elle parle aussi bien français que les universitaires.

— Ma grand-mère l'a quitté quelques semaines après son retour. Elle disait que ce n'était pas le même homme qui était revenu. Comme beaucoup d'autres, la guerre l'avait transformé. Elle nous interdisait de le voir. Quand j'ai grandi, j'ai voulu savoir qui était mon grand-père.

— M. Kreutschmann, l'interrompt un historien, connaît tous les noms des membres de la famille Faure. Il connaît par cœur le nom des rues du village. Nous avons fait des recherches et il s'est avéré que ce qu'il dit est fondé. Il nous a aussi parlé du four à pain familial, nous décrivant précisément les lieux, jusqu'à cette pièce secrète qui servait de cachette et dont vous nous avez confirmé l'existence. Il ne se passe pas une semaine sans qu'il nous demande si M. Faure est là, s'il va bien et quand il va venir lui rendre visite. Nous l'avons informé que Lucien Faure était mort mais que son arrière-petit-fils avait répondu positivement à notre invitation.

— Arrière-arrière-petit-fils, rectifie Stéphane. Lucien Faure était mon trisaïeul.

— Vous ne l'avez pas connu ?

— Non, bien sûr. Par contre, je me souviens très bien de mon arrière-grand-mère, qui était sa fille. Lucien a eu deux enfants. Un fils qui est mort à la guerre de 1914 et mon arrière-grand-mère, Léa. Elle nous parlait souvent de son père, c'était une figure importante dans notre famille. Il a été maire du village pendant les deux guerres. Afin que le nom de Faure ne disparaisse pas, mon arrière-grand-mère l'a donné à l'un de ses enfants. C'est pour ça que je porte le même nom que lui. Vous ne savez vraiment pas pour quelle raison M. Kreutschmann a demandé à le voir ?

— Nous comptons sur vous pour le découvrir, poursuit Philip. Son insistance nous porte à croire que c'est important. M. Kreutschmann est très faible. La volonté de vivre qu'il oppose à la maladie est une énigme pour la médecine. Il semble être parvenu à vaincre Alzheimer. Qui plus est son cancer généralisé est en nette régression. Les tumeurs au cerveau ont disparu. L'étude de son activité cérébrale indique qu'il rêve avec une intensité prodigieuse. Le cas de M. Kreutschmann suscite l'intérêt de grands spécialistes. Certains ont émis l'hypothèse que sa possible rémission prenne racine dans cette activité cérébrale intense.

— Nous pensons qu'il s'est passé quelque chose lorsqu'il était dans votre région, en janvier 1944, intervient Elise. Quelque chose qui a profondément changé mon grand-père. Il y a été gravement blessé, notamment au visage, et tout le monde l'a cru mort. Il avait perdu jusqu'à l'usage de la parole. Il a ensuite été soigné dans un hôpital de guerre avant de rejoindre l'armée et n'a plus jamais été en contact avec ma famille. S'il accepte de se confier à vous, alors on comprendra peut-être pourquoi cet homme qui a été un pacifiste convaincu est ensuite devenu « le Croquemitaine ».

— Le Croquemitaine ? demande Stéphane, que l'évocation du nom par Elise a fait réagir.

— Son visage opéré, il a été réintégré dans l'armée à la fin de la guerre. Il ne pouvait plus se battre, alors on l'a envoyé, comme officier, dans un camp de concentration juste avant la défaite. Ses camarades d'unité se sont mis à l'appeler ainsi, le Croquemitaine, soupire Elise.

— Son témoignage sur cette période pendant laquelle le régime nazi a essayé de faire disparaître les traces de l'extermination des Juifs serait précieux, mais il n'a jamais voulu en parler, reprend Philip, et plus bas il ajoute : On sait qu'il avait coutume de chanter une chanson, une chanson française aux enfants juifs avant de les tuer devant leurs parents. Les témoignages expliquent qu'il procédait toujours de la même manière.

Quand il y avait des enfants à tuer, il se réservait la tâche. Ses camarades d'unité disaient qu'aucun homme n'avait jamais tué autant d'enfants. Il allait les chercher la nuit dans les baraquements, même des bébés, des nouveau-nés… beaucoup… Habituellement, les femmes enceintes étaient gazées dès leur arrivée dans les camps mais lui les épargnait pour que les enfants naissent… Puis il leur chantait les chansons et il les exécutait.

Un silence s'installe, que brise Stéphane.

— Ce mot… Croquemitaine… Lucien Faure avait créé un réseau de résistance qu'il avait baptisé « le réseau Croquemitaine ». C'est du moins ce que racontait mon arrière-grand-mère.

— Nous n'avons jamais entendu parler de ce réseau, dit Philip.

— Ce n'était pas un réseau officiel. J'en sais très peu, presque rien, sinon qu'il s'agissait d'actions extrêmement… violentes. Et sans aucune connexion avec la Résistance organisée.

— Nous autres, historiens, poursuit Philip, nous avons un rapport très particulier au hasard. Nous savons qu'il n'explique rien, et en même temps nous savons qu'il existe. Je vais lancer des recherches auprès de collègues français, beaucoup d'actes de résistance isolés se produisaient, il est difficile d'avoir des informations sur ces cas.

— Quand est-ce que je vais le rencontrer ? demande Stéphane.

— Demain matin.

— Nos générations ont grandi avec la conscience de l'horreur, conclut Philip Brühl comme s'il achevait un cours dans un amphi. Il nous appartient aujourd'hui de faire quelque chose de cet héritage. Nous sommes tous là pour ça. Nous devons savoir que faire de l'horreur qui nous a été léguée.

Haute Corrèze. Janvier 1944

Les phares des camions Mercedes-Benz L4500A creusent des sillons dans les sous-bois allant s'épaississant et leurs ténèbres de plein jour. Hünger fixe des sapins qui lui rappellent sa jeunesse en Forêt-Noire.

— L'odeur était différente, précise le SS. Elle était plus forte, plus parfumée. La résine avait un goût de miel et de thym. Ici elle ne sent rien...

— C'est parce que vous ne comprenez que ce que vous connaissez déjà, dit le vieux von Wissen. Moi, je la sens, la résine.

Stolker hume à son tour un air froid où l'humidité charrie les essences des arbres, leur térébenthine prompte à récurer les bronches, et il raconte...

Derrière la bâche qui sépare l'habitacle des officiers, les hommes du rang s'approchent, collent des oreilles au plastique gelé, en quête de mots leur rappelant qu'ils n'ont pas toujours été prisonniers d'un uniforme. Parmi eux, il y a le jeune Walther Stalz, fier que ce soit son professeur qui parle ; il a l'impression que les paroles prononcées s'adressent un peu plus à lui qu'aux autres. Tous aiment écouter Stolker, car il met les bons mots aux bons endroits. Il connaît l'ordre et la magie des phrases qui disent les paysages, les senteurs, les soupirs. Il invente des souvenirs et des rêves sans cauchemar.

Il parle de sa femme, et c'est l'histoire que tous préfèrent. Il raconte en détail leur rencontre. Il la décrit. Droite et fragile, seule et la seule. Il leur dit que c'est une femme qui, pour premiers mots, lui a dit ne se refuser aucun plaisir, et il continue d'aimer cela. Il raconte sa femme et elle devient LA femme, la leur à tous. À ceux qui aiment, à ceux qui n'ont jamais aimé. Leur caporal se souvient de tout et tous se souviennent d'elle, d'elles. Et d'eux. Il a des mots pour dire le parfum et les lèvres vers lesquelles il s'est penché sans le décider, espérant tout. Des mots pour embrasser les musiques sans fanfare et sans autre rythme que celui de la vie, mélodies dépourvues d'ordre comme de désordre.

Des mots pour le premier rendez-vous et pour les adieux, des mots sans spectres ni bêtes ivres, sans tristesse ni amertume. Il invente l'amour, il n'a peur ni des idées ni des mots interdits, il n'a pas peur de Mercedes-Benz non plus, et plus aucun parmi ceux qui l'écoutent n'a peur de quoi que ce soit. Cela dure ce que cela dure, mais cela aura existé, il prend son temps et le temps ne les détruit plus. Il parle et plus aucun d'eux ne boit. Hünger rompt le charme.

— On va envoyer ta famille dans un camp de travail si tu continues à nous donner l'envie de libérer les prisonniers et de rentrer chez nous.

Une acrimonie revient avec le rappel à l'ordre du SS, les aigreurs d'alcool remontent depuis le fond des estomacs, les goulots des bouteilles retrouvent le chemin des lèvres gercées.

— C'est ce dont on m'a menacé quand on m'a mobilisé de force, lui rétorque Stolker. Moi, j'avais juste dit : « Je ne vais pas aller tuer des Français, quand même, mon père a même des origines françaises ! » Et tous les soirs, enfant, avant que je m'endorme, il me berçait avec ses chansons en français. Pour que je l'apprenne. Il disait que j'en serais plus fort.

Dans la forêt et ses sapins qui ont survécu aux dinosaures, brontosaures et à tout le bestiaire réel ou imaginaire des monstres de l'Histoire, Stolker chante. En français. Sa voix, pas si juste, pas si fausse, couvre presque le bruit des moteurs. Presque…

— « Colchiques dans les prés fleurissent,
fleurissent,
Colchiques dans les prés,
c'est la fin de l'été. »

Si les hommes se regardaient les uns les autres, dans ce camion qui danse avec les brumes, ils verraient que chacun remue les lèvres, reprenant pour lui-même les paroles, sans qu'aucun son s'évade des cordes vocales usées à trop aboyer.

— « La feuille d'automne emportée
par le vent
En rondes monotones tombe
en tourbillonnant. »

Les camions s'arrêtent devant une patte d'oie et ses deux fantômes de chemins. Un œil se coule dans l'entrebâillement des bâches, mince ruban de lumière que noircissent des silhouettes d'hommes armés descendant des véhicules. Celui qui a abandonné ses habits dans un four à pain ne craint pas le froid. Sa peau à nu n'informe plus son cerveau de ce qu'elle éprouve. Toute sensation l'a déserté. Parmi les uniformes, il a repéré Jorg Kühn, l'assassin de sa femme et de ses filles. Il n'était pas là lors de l'exécution des siens, mais quelque chose en lui sait.

— Qu'est-ce qu'ils disent, Samuel ?

L'homme nu est le seul à pouvoir déchiffrer l'allemand, il se concentre pour trier les paroles embusquées dans le bourdonnement du moteur. Comme si la mécanique voulait faire disparaître la voix des hommes. Samuel a besoin de fixer son regard quelque part pour comprendre une langue qu'il ne connaît pas, mais si proche du yiddish que parlaient ses parents. Mêmes sonorités germaniques, mêmes racines des mots. À lui d'oublier l'hébreu et le slave qui a enrichi la langue de ses ancêtres et il saura traduire le langage des soldats. L'oreille tendue, il lève la tête. Un œil raidi sur les branches de sapin lui permet d'affermir sa concentration.

— Ils hésitent, murmure Samuel. Le SS veut continuer sur le chemin principal. Les cartes disent que c'est celui à prendre. Que l'autre n'est pas indiqué. Il dit que les paroles du maire étaient claires : ne jamais s'éloigner du chemin principal. Celui qui s'appelle Stolker veut suivre l'autre chemin qui va vers les bois. C'est la route qu'a prise l'unité de son frère dans le convoi précédent.

De toutes les jointures des bâches recouvrant le camion des prisonniers surgissent des yeux grands ouverts sur la forêt. Dehors, les hommes du rang guettent les décisions que prendront ceux qui commandent. Samuel continue de traduire, expliquant l'agitation qui règne à l'extérieur, son œil ne quitte pas les hautes branches.

— Le SS répète qu'ils n'ont pas de temps à perdre et qu'ils sont attendus à Tarnac par le reste du bataillon. Il dit que les prisonniers doivent être pendus demain.

Les yeux entre les bâches découvrent le SS penché sur les marques des pneus, examinant les gerçures de la terre, son sol éventré par le caoutchouc. Il y a dans le regard de l'ancien chasseur en Forêt-Noire une fascination pour les traces quelles qu'elles soient. Leur mystère lui apporte une tranquillité.

— Il dit, poursuit Samuel, que les traces ont six ou sept heures et que les suivre serait une erreur.

Les regards des soldats convergent vers le vieux lieutenant de nouveau mutique. Une grogne traverse les soldats devant l'indécision de Papa von Wissen. Les hommes sont prêts à accepter beaucoup de leurs chefs, mais pas l'indécision. Le lieutenant prend son temps, jauge ses deux caporaux, et pour parler il s'accroche au regard bleu ancien, le seul à travers lequel il arrive encore à se voir sans se dégoûter entièrement.

— Le lieutenant, reprend l'homme nu, dit qu'il veut retrouver leurs compagnons. Ne pas faillir envers eux au moins. C'est ça qu'il a décidé.

Dans leurs uniformes détrempés, les hommes ont des gestes et des grognements d'acquiescement, des rictus de soulagement éclaircissent les visages. Tous sont étrangement rassérénés par la décision du chef. On n'abandonne pas ses compagnons, et on peut croire qu'à son tour on ne sera pas abandonné.

Le regard de Samuel n'a pas quitté la cime du sapin. Il voit alors l'arbre se mouvoir, ses branches striées d'écorce craquelée sont comme des bras enserrant un tronc ami. Samuel continue de traduire.

— Le lieutenant ordonne de diviser l'unité. Deux camions partiront avec les prisonniers et prendront le chemin le plus court, direction Tarnac. L'autre camion avec quelques hommes suivra les traces de l'unité perdue. Lui ira dans ce camion-là avec ses deux caporaux.

Hünger revient à son examen des traces tandis que le caporal Stolker organise les deux groupes. Nul volontaire pour quoi que ce soit, tous attendent que quelqu'un choisisse pour eux.

Samuel a fini de traduire, il abaisse enfin le regard, abandonnant les cimes.

— Il y a quelque chose là-haut, murmure Samuel.

Aucun prisonnier ne commente.

— J'ai vu quelque chose, répète-t-il. Dans les arbres…

À LA CIME DES SAPINS, une ombre se penche sur les hommes en uniforme. De là-haut, on dirait des brindilles de bois laborieusement assemblées, prêtes à chuter au moindre coup de vent, s'embraser à la moindre étincelle. L'ombre qui les domine a la couleur de la forêt mais aussi son odeur, son souffle et ses bras. Ses yeux pâles s'attardent sur les gestes des soldats les uns pour les autres. Aussi loin, petits et insignifiants soient-ils, l'ombre comprend que ces hommes ont fabriqué l'enfer ensemble. Et l'ont traversé. Tant de jours, tant de nuits côte à côte, tant de morts. Ces hommes-là qui se disent adieu se haïssent autant qu'ils s'aiment, comme s'ils avaient besoin de se raccrocher à quelque chose d'autre que des montagnes d'enfants morts.

Invisible et silencieuse, l'ombre se propage de sapin en sapin, emportant avec elle un vieux fusil de chasse.

Le SS a repris sa position de pisteur. Chaque fois qu'il se penche vers la terre, Hünger oublie un peu celui qu'il est devenu et se rappelle le petit Friedrich, à qui son père apprenait à suivre le gibier. « Ça t'aidera un jour à te nourrir, mon garçon », disait-il. Le gosse aimait ces moments où il avait son père pour lui tout seul. Peut-être les heures les plus heureuses d'une vie, il le savait alors sans le savoir, quelque chose le lui disait, dans l'air ou la lumière autour de lui, dans son souffle à l'intérieur de sa poitrine. Des éclats de rire jaillissaient, inondaient la Forêt-Noire, et l'instant d'après il était paisible.

Assis sur la calandre Mercedes-Benz qui avance au pas entre les brumes, le dos voûté sur les traces à suivre, une Maschinenpistole 40 dans les mains, Hünger se dit que les hommes ne font jamais rien d'autre de leur vie que ce que leurs pères leur ont appris. En le sublimant ou en le dévoyant.

Une bruine engourdit les uniformes des hommes qui poussent au cul du camion embourbé, disposant des planches de bois sous les pneus afin d'avoir prise sur la boue. Bottes enfoncées dans la terre glaise qui ne cesse de se dérober, ils font franchir un ravin au camion, et c'est comme une cérémonie pour épouser le territoire. La pluie dégraisse leur peau, la sueur les purge de leurs toxines. L'humidité imprègne tout, nul matériau ne lui résiste, le ciel travaille contre eux.

Quand le ravin est derrière, les hommes ne le trouvent plus si spectaculaire, comme s'il n'était pas à la hauteur de leurs efforts.

Mercedes-Benz continue de fendre le crachin dans un sentiment d'impossible retour, et les hommes se prennent à espérer que le destin érigera suffisamment de ravins ou de collines entre leur unité clairsemée et le reste du monde.

Un poing serré se dresse. La raideur soudaine du SS se répercute en un effet domino sur les hommes dans le camion qui roule au pas derrière lui.

Extinction du moteur.

Hünger rampe entre des fougères hérissées de toiles d'araignées. Une trentaine de mètres le sépare d'un camion abandonné aux vitres criblées de balles. Stolker le rejoint, reconnaît le véhicule de l'unité de son frère, et son visage se creuse. Une ondée violente les surprend, faisant résonner la carrosserie aux couleurs du IIIe Reich en un charivari métallique. Sans attendre l'assentiment du SS, Stolker se coule dans la pluie et s'élance jusqu'au camion. Hünger demeure aux aguets, scrutant les bois à la recherche d'une présence, un piège. Le lieutenant von Wissen rampe jusqu'à lui tandis que Stolker progresse à découvert sous les yeux de la forêt. La pluie pour seul bouclier.

— Parfois, je me dis que le caporal Stolker veut mourir, chuchote le SS.

— Steffen Stolker rentrera vivant chez lui, répond le Prussien. À la différence de vous, de moi, de nous tous, lui rentrera vivant.

— Et on peut savoir pourquoi ?

— Ses photos sur son cœur le protègent. Sa famille… Mon père et mon grand-père faisaient pareil quand ils partaient à la guerre, et ils sont revenus.

— Hmmm… Je vois…

— Non, caporal Hünger, vous ne voyez rien du tout… Après toutes ces années à combattre, j'y ai longuement réfléchi, et je crois que pour nous, les hommes, la guerre n'est qu'une excuse de plus, une excuse définitive pour nous éloigner de nos femmes, de nos enfants, de nos parents. Être loin de leur regard. Agir sans craindre leur jugement. Peu d'hommes ont le courage d'emmener leur famille à la guerre comme le fait le caporal Stolker.

Stolker explore le véhicule. Vide. Un geste, et les soldats restés en arrière approchent.

Hünger avise des projections de sang qui affleurent, striant le sol tout autour du camion. L'enfoncement des talons dans une terre grasse indique que des hommes ont couru puis chuté dans leur élan, proies de tireurs embusqués. Les herbes couchées racontent les corps traînés, emportés dans les bois. Hünger se penche, se relève, s'accroupit, s'immobilise. Puis recommence. Le SS caresse du doigt les impacts dans la vitre, à la recherche d'une balle qu'il ne trouve pas. Toutes ont atteint leurs cibles, dont il ne reste que des auréoles rouges sur les sièges.

Stolker sort un poignard, éventre un pneu, retire le projectile logé dans la jante et le jette à Hünger, qui examine un métal grossièrement suturé de plomb.

— Une balle coulée à la main…

— Où sont les corps ? demande Stolker sans obtenir de réponse.

Papa von Wissen inspecte le camion. Personne n'a touché aux vivres, ni à l'essence. Ni aux armes ni aux munitions. Hünger attrape des douilles de MP 40 éparpillées au sol et reconstitue mentalement l'assaut, jaugeant longuement les arbres, quand son regard se fige.

D'un geste, il ordonne le silence.

Les hommes s'exécutent et l'ouïe s'accoutume, isolant les cris d'animaux lointains, les gouttes de pluie chutant sur un matelas de feuilles, le bruit de la mousse traversée par l'humidité. Aucun pépiement d'oiseau nulle part. Hünger focalise sa perception jusqu'à extraire un son mêlé à la brise qui geint entre les branches. On pourrait croire à un grondement de tonnerre lointain, mais la répétition ne laisse aucun doute.

Une fusillade.

Les détonations proviennent de la direction empruntée par les camions qui emmenaient les prisonniers. Chaque homme se concentre sur l'écho de tirs lointains et ne peut qu'imaginer ses camarades mitraillant le vide, visant un adversaire embusqué dans la forêt, les uniformes méthodiquement percés un à un par ce même métal coulé à la main. Au milieu des rafales de mitraillettes allemandes, ils identifient le son d'un fusil de chasse. Économe et précis.

Tous entendent et comprennent qu'il est en train d'arriver la même chose aux membres de leur unité qu'à ceux du camion échoué sous leurs yeux. Certains voudraient retourner en arrière, aller sauver leurs compagnons, mais pas un n'exprime quoi que ce soit, sinon des gestes qui ne sont que des débuts, des intentions inachevées. Des canons qui se relèvent en un pur réflexe défensif dont ils n'ont même pas conscience. On leur demanderait ce qu'ils veulent faire, nul ne saurait choisir. La liberté est le seul fardeau que ces années de violence leur auront épargné.

Les bruits de fusillade s'éclaircissent et chacun attend la dernière détonation. Celle du survivant. Celle dont l'écho résonnera longtemps jusqu'à ne plus être qu'une ligne indécelable.

Un fusil de chasse.

Hünger avise l'abattement de son unité, il observe les mains cramponnées aux mitraillettes comme si ces armes étaient des béquilles suspendues en l'air, dotées du pouvoir de les empêcher de chuter. Le SS n'a que mépris pour les hommes résignés, ceux qui vivent en mettant un pied derrière l'autre. Brisant le silence où s'éternise l'écho du dernier coup de feu, il revient à son examen du sol et montre des traces qui s'enfoncent dans la forêt.

— On les a traînés dans les bois, dit-il en s'agenouillant devant un sillon. Ces traces sont celles de corps qui se débattent, poursuit Hünger à voix basse.

— Ils sont vivants ? demande Stolker.

Pour unique réponse, Hünger offre un visage contrarié.

— Qu'y a-t-il, caporal ? interroge le vieux von Wissen.

Le SS observe les sapins, gardiens immobiles dominant des parodies de soldats.

— Je vous ai posé une question.

— Regardez-les…, dit Hünger en désignant la poignée d'hommes. Ce ne sont que des…

— Finissez vos phrases, caporal.

— Si nous suivons ces traces, c'est nous qui serons les proies.

— Alors c'est un défi qui devrait vous plaire. À moins que la perspective d'affronter autre chose que des femmes et des enfants, auxquels j'ajouterais les vieillards, vous effraie, tranche von Wissen.

Régénéré à l'idée de combattre un véritable ennemi, Papa von Wissen donne l'ordre de continuer et voit Stolker porter la main sur son cœur, là où il range les photos de sa famille. Là où il se réfugiait pour pouvoir exécuter les ordres dans les villages de Biélorussie. Un territoire où rien ne l'atteint, sauf un *avant*.

Autrefois généreusement nourri à la graisse de phoque, le manteau en cuir noir dessiné par Hugo Ferdinand Boss n'est plus qu'une armure gelée, lourde et humide, dont Hünger se sépare sans hésitation au pied d'un arbre. Puis il reprend son poste d'éclaireur. Les gouttes ruissellent sur ses tempes, se faufilent dans son cou, glissent le long de l'épine dorsale, réveillant des sensations que sa peau n'a pas oubliées, et Friedrich Hünger croit un instant être retourné dans la Forêt-Noire d'une enfance qu'il n'aurait jamais dû quitter.

Une cinquantaine de mètres en arrière, Mercedes-Benz transporte les hommes en uniforme, plongeant toujours plus avant dans l'obscur et ses milliers de sapins, milliers de ravins, milliers de chemins qui n'en sont pas. Chaque mètre parcouru ricane à leurs oreilles.

Main levée, paume grande ouverte, Stalz répercute l'ordre de Hünger avec une précipitation brouillonne. Le camion qui avance au ralenti stoppe. Stolker rejoint le SS, dont l'œil indique des sous-bois embrumés où se détache un sapin à l'écorce arrachée.

Hünger se déplace sans un bruit, approchant lentement de l'arbre semblable à un écorché. Stolker et Stalz demeurent en retrait, prêts à intervenir. Hünger examine le bois à vif, une résine écarlate suinte des entailles. Il contourne le tronc scarifié, relève la tête vers la cime du sapin où les branches en quinconce calfeutrent la moindre trouée de ciel. Quelques mètres au-dessus, Hünger entend un souffle.

Il agrippe une branche, se hisse. Ses pieds aguerris trouvent les appuis pour grimper. Mêlée aux effluves des sucs de sapin, une odeur de viande faisandée descend jusqu'au SS, qui extrait un poignard de son étui, glisse la lame entre ses dents et progresse dans un silence de soie. Stolker le regarde disparaître entre les bras de l'arbre, emporté par son étreinte.

Le silence, l'attente. Stolker saisit l'avant-bras de Stalz pour dire au jeune homme inquiet et nerveux que tout ira bien, quand l'arbre s'ébroue en une série de chocs. Quelque chose chute vers eux, lourd, rebondissant de branche en branche. Un mouvement de panique s'empare du jeune Stalz, qui mitraille au hasard l'épaisse ramure. La masse s'écroule au sol. Hünger redescend sans commenter les piètres tirs de Stalz, qui l'ont manqué de peu, et range son poignard dans l'étui. Alerté par les coups de feu, von Wissen les rejoint. Un corps inerte, nu et incomplet, sanglé d'une corde tranchée est ramassé sur lui-même.

— On l'a pendu en haut de l'arbre, dit Hünger, manipulant la carcasse pour lui redonner une forme humaine qui n'en paraît que plus monstrueuse.

Un homme sans bras, une jambe arrachée et l'autre dépourvue de pied.

Emportant avec elles le bourdonnement paresseux que Hünger avait pris pour une respiration, de grosses mouches bleues délaissent un visage mutilé réduit à une béance. Le SS examine les blessures et les arcs-en-ciel cramoisis d'une chair en décomposition. Des côtes saillantes percent la peau d'une poitrine tatouée d'une croix gammée. En dessous, le ventre a été cisaillé du sternum au nombril.

— C'est un soldat. La mort remonte à plusieurs semaines, estime Hünger.

Les hommes ont repris leur évolution. Depuis qu'ils ont vu le cadavre démembré, on les dirait insensibles à la pluie qui s'abandonne sur eux, engourdissant uniformes et cheveux, alourdissant les cils, nettoyant les visages maquillés de crasse, révélant des peaux desquamées, regards à l'aplomb du vide.

Les traces emportent Hünger jusqu'à la bordure d'une clairière, dans le creux d'une combe où la mousse grimpe le long de petits arbustes de bruyère. Il hume une odeur de moisissures, un ferment des bois. « Champignons... pas en hiver... », murmure-t-il. Hünger connaît la nature comme si elle faisait partie de lui-même, parfois il lui parle, à voix haute, comme à un ami ou un parent. Quelqu'un que l'on aime. Un rayon de lumière révèle des formes lunaires, astres arrondis par dizaines de dizaines, singuliers cratères, et Hünger devine jusqu'aux alvéoles des morilles blondes. Il a déjà vu des champignons en grand nombre dans la Forêt-Noire et même au cœur de l'hiver lorsque la nature perd la boussole des saisons, mais ici quelque chose d'irréel trahit la main de l'homme, son travail de transformation.

Ses semelles butent contre des mottes retournées colorées de sang, un sol fraîchement éventré à coups de pioche. Hünger avise d'autres saillies, il fait signe à Stolker d'approcher puis s'agenouille, renverse à la main une terre gelée. Le sol raidi résiste, et il faut attendre le camion pour y prendre des outils. « Creusez ! Là. Là. Là. Et là ! » ordonne-t-il mécaniquement. Les hommes ouvrent une terre froide, déchirent mousse, fougères, morilles.

Chaque coup de pioche met au jour un humus saturé de pourpre, puis des étoffes rigides ramassées en boule, vert profond, emblèmes, sigles, aigles. Des uniformes identiques aux leurs, transpercés de plomb, vides des hommes qu'ils contenaient.

— Ce sont bien les uniformes de notre bataillon, ceux que nous recherchons, confirme Hünger.

Stolker dégrafe les chemises avec une nervosité qui lui brûle les doigts, fouillant chaque poche. L'œil maussade. Les hommes le regardent, tous savent ce qu'il cherche en espérant ne pas le trouver.

Avec des mots qui ne sont plus ceux d'un lieutenant mais pourraient être ceux d'un père, Papa von Wissen demande à chacun d'examiner minutieusement les poches des vestes et chemises enterrées. « Sur la poitrine, à l'endroit du cœur », précise-t-il à voix basse.

Hünger s'est accroupi, considérant le sol et ses irrégularités, ses renflements recouverts de champignons par dizaines, fruit d'une fécondité miraculeuse de la terre. Il examine la combe tavelée de bosses tout autour de lui, ne tardant pas à comprendre qu'il y a autant de monticules que de tombes sans corps. Certaines sont plus anciennes, comme en témoigne la végétation qui s'y est développée.

C'est le jeune Stalz qui découvre la photo, dans une chemise déchirée et maculée de sang. Il donne le papier au vieux lieutenant comme s'il s'excusait de l'avoir trouvé, et Papa von Wissen fronce ses sourcils broussailleux devant un cliché familial dont le bonheur lui gèle les sangs. Un couple, père, mère, deux garçonnets coiffés de soleil, quatre sourires. Une photo identique à celle de son caporal.

Stolker croise le regard du lieutenant, et il comprend que l'on a retrouvé l'uniforme de son frère. Les hommes cessent de creuser, marquent un silence. Hünger rejoint Stolker.

— Je crois que nous suivons un homme seul, murmure le SS. Il fait des prisonniers… Les traces indiquent qu'il est possible que certains soient encore vivants.

LES TRACES que relève Hünger dans le labyrinthe de sapins sont un voyage vers son enfance, les parties de chasse en compagnie de son père où chaque empreinte prouvait l'existence d'un animal merveilleux. Les pierres étincelantes des rivières étaient des écailles de dragon et les motifs mystérieux sur les truites d'eau vive, des cartes au trésor. Une soif d'énigmes qu'il ne retrouverait plus tard qu'auprès des hommes en cuir noir, le parti et ses têtes de mort, tout à la fascination des emblèmes, une sidération de la puissance autoproclamée. Elle lui permettrait de continuer d'être un enfant jouant à des jeux cruels, mais cette fois sans faire semblant. Cette jouissance du mal que l'on donne.

À 17 ans, Hünger était déjà un chasseur expérimenté fournissant de la viande de cerf aux auberges de la Forêt-Noire. C'est là qu'il rencontrait les membres du parti, venus se saouler de schnaps et de nature. Friedrich les avait d'abord observés se baigner nus dans les lacs, tous âges confondus, faire des cabanes, jeter des couronnes de fleurs et d'aubépine enflammées dans l'eau, détourner des rivières en transportant des pierres qui n'avaient jamais bougé que par la force lente du courant. Il aimait leurs rires à l'insouciance dominante, l'alcool dont ils s'abreuvaient. Il aimait leur virilité affichée et joueuse, les uniformes impeccables repassés par des femmes absentes. Il aimait leurs songes qui dépassaient tant la simple vie. Grâce au savoir-faire de chasseur de son père, de son grand-père et de tous ses ascendants, le jeune Friedrich entrait au parti sous un puissant patronage, celui de la viande noble, la chair tendre qu'il leur fournissait et les chasses qu'il leur organisait. Dévoreur de pureté, jouisseur d'innocence.

Le 19 août 1941, à Slavouta, en Ukraine, Hünger avait abattu son premier enfant. Un petit garçon aux cheveux roux avec un visage en forme de fleur, s'était-il formulé. Il l'avait d'abord accompagné pendant une dizaine de minutes, depuis la maison où il avait été raflé jusqu'à l'aire d'exécution. Main dans la main. Pour apaiser l'enfant qui pleurait, Hünger avait imité le son des animaux de la forêt. Il les connaissait tous. Ni l'enfant ni le SS ne s'étaient souri comme essayaient de le faire d'autres couples de victimes et de bourreaux, mais pendant quelques secondes ils s'étaient regardés les yeux dans les yeux avec une étrange candeur à laquelle avait mis fin l'ordre de se coucher face contre sol. Au moment de presser la gâchette, Hünger avait pensé à sa première biche, tuée d'une seule balle elle aussi quand il avait à peu près l'âge de ce gosse. Hünger s'était alors convaincu qu'il n'y avait pas grande différence entre une biche et cet enfant.

L'espace entre les sapins s'est resserré sans que les hommes s'en rendent compte, les branches se déploient en arc de cercle, étendant leurs épines au-dessus des silhouettes. La terre qu'ils foulent est fissurée de veines, jaillissements de racines sur lesquelles peinent les pneus du camion roulant au pas loin derrière Hünger. Lui, focalisé sur des traces prouvant autant l'existence du gibier que celle du chasseur. Le SS avance avec une certitude, celle que cette proie n'en est pas une mais bien un prédateur.

Depuis l'habitacle réservé aux officiers, Papa von Wissen regarde ses hommes faire avancer un camion devenu poids mort ; chaque pli de terrain est plus ardu à négocier.

— La poignée d'hommes partis à la recherche de l'unité perdue est elle-même une patrouille perdue, dit le lieutenant von Wissen au caporal Stolker, affairé à pousser le Mercedes-Benz L4500A au côté de ses hommes. Nous n'avons rien à faire ici, poursuit Papa von Wissen, et ce véhicule encore moins que nous. Il est une insulte à la forêt.

Les hommes abandonnent le camion sans qu'aucun ne discute les ordres du lieutenant. Chargés de vivres et de munitions, ils cheminent à la suite de Hünger. Il y a dans leur progression une forme de libération qu'ils accueillent avec une paix qu'aucun ne croyait encore possible. Tout le contraire des marches forcées en Biélorussie, l'organisme gavé de Pervitin, l'esprit hanté par les réveils des lendemains de massacre dans des draps rincés d'alcool.

À flanc d'une colline embrumée où l'œil n'a d'horizon que le prochain pas à poser, Hünger s'arrête devant trois arbres à l'écorce arrachée. Redoutant d'y trouver son frère, Stolker laisse le jeune Stalz grimper. À trois reprises, des corps chutent depuis les cimes. Le caporal recompose des silhouettes aux membres disloqués, des soldats allemands dans un état de décomposition avancé, mutilés sur le même mode que le premier cadavre découvert. Dépourvus de bras, une jambe arrachée au niveau du genou, un pied sectionné, le ventre ouvert verticalement, le visage détruit jusqu'à ne plus être qu'un trou.

Émergeant d'un nuage de brume, les hommes reprennent leur progression à la suite des traces et remontent une rivière de boue où l'on a traîné des corps. Une source et son clapotis engourdi de froid résonnent jusque dans leur crâne. Dissimulé dans le mouvement invisible de la terre, il déploie lentement sa force tellurique. Quelque part, quelque chose prépare son retour.

Hambourg. Octobre 2020

Une chaîne d'information en continu diffuse les images d'une manifestation à Berlin. Des crânes presque rasés fendent la presque nuit d'un quartier de presque centre-ville avec des banderoles aux slogans presque nazis et des signes de reconnaissance presque hitlériens. Stéphane, qui s'est endormi devant une chaîne dont il ne comprend pas la langue, sort de sa somnolence sous les coups frappés à la porte. Un employé de l'hôtel lui demande de baisser le volume de la télévision. Des clients se sont plaints. Stéphane coupe le son, laissant les images d'émeutes et de presque croix gammées errer dans le silence motorisé de l'air conditionné. Avant de s'endormir devant l'écran, Stéphane a appelé sa femme pour lui raconter sa journée, demander comment allaient les enfants, savoir si le nouvel apprenti s'en sortait avec le vieux four à pain. Il était tard et sa femme bâillait entre chaque phrase, elle lui a demandé comment était Elise Kreutschmann.

— On la dirait tout le temps fatiguée mais elle est séduisante.

La femme de Stéphane a bâillé une dernière fois et elle a répondu qu'elle aussi était fatiguée, avant de raccrocher.

Stéphane attend l'aube dans un demi-sommeil. La perspective de rencontrer un ancien tortionnaire du IIIe Reich qui a eu affaire avec son arrière-arrière-grand-père lui procure une impression étrange, comme l'effet d'une houle invisible qui n'empêche rien mais contraint tout.

Le petit déjeuner hambourgeois vanté par le prospectus de l'hôtel, avec ses grasses saucisses aux couleurs vives, son lard plastifié et ses tranches de fromage gélifiées, dont il s'était à l'avance réjoui comme d'un plaisir coupable, a du mal à passer. On le demande à la réception et Stéphane rejoint Elise.

— Philip nous attend devant l'hôtel. Je viens de parler avec l'hôpital, mon grand-père est réveillé.

Stéphane acquiesce, notant l'insistance avec laquelle Elise dit « mon grand-père » chaque fois qu'elle parle du Croquemitaine. Lui songe que s'il avait un grand-père nazi, il ne dirait pas « mon grand-père » mais « il ».

Aucun mot n'est prononcé dans l'habitacle de la Mercedes qui les emmène à l'hôpital. L'insonorisation parfaite du véhicule donne à Stéphane l'impression de traverser la ville dans un ballon d'hélium. Avant de sortir de la voiture, Philip se penche vers lui.

— Je dois vous prévenir que M. Kreutschmann hurle parfois pendant des heures, que ses paroles peuvent être dépourvues de sens et que nous faisons aussi face à l'hostilité grandissante du personnel hospitalier. Beaucoup rechignent à s'occuper de lui.

À la suite de Philip et Elise, Stéphane arpente des couloirs saumon où la médecine joue à cache-cache avec la mort. Un code, des petits bâtonnets rouges s'allument, formant une suite de numéros que mémorise Stéphane, et une porte coulisse. Ils pénètrent dans l'aile réservée aux malades d'Alzheimer, avec ses patients aux doigts usés qui frottent des Lego en grimaçant, ne cherchant même plus à les emboîter. Sur la vitre du local des infirmières, Elise montre à Stéphane la photo d'Helena Frotzer, souriante, une impression A4 de photocopieuse. Dessous sont indiquées la date et l'heure des obsèques. Stéphane remarque la vive émotion sur le visage d'Elise.

— Elle s'occupait de mon grand-père. Elle a eu un AVC en rentrant chez elle. Elle avait un petit garçon…

— Trois autres infirmières ont développé des pathologies graves depuis qu'elles s'occupent de M. Kreutschmann, poursuit Philip. Ce qui n'a pas manqué d'alimenter les plus folles rumeurs au sein de l'hôpital.

Stéphane pénètre dans la chambre du Croquemitaine et sa première impression est d'entrer dans une forêt. Une forêt qu'il reconnaît, faite de sapins, d'épines et des taches fauves des écureuils. Partout, du sol au plafond, des dessins d'arbres par dizaines recouvrent les murs saumon auxquels ils substituent le vert sombre des conifères. La soufflerie de l'aide respiratoire remplace le bruissement du vent. Stéphane détaille cette forêt raturée de feutre et de gouache, reconnaît des torrents, des clairières, les fougères de son pays avec leurs pampilles de rosée. Et des arbres à l'écorce arrachée.

— On dirait les bois de chez moi, murmure Stéphane.

— Il n'a rien dessiné d'autre depuis qu'il est ici. C'est lui qui a demandé à ce qu'on les accroche, il y en a plusieurs épaisseurs, les uns sur les autres, il nous interdit de les enlever, dit Elise en s'approchant de Stéphane.

Elle chuchote comme si elle craignait de réveiller un bébé ou une créature dangereuse. Stéphane sent le souffle d'Elise dans son cou, leurs corps ne se touchent pas mais les étoffes de leurs habits, si.

Leurs regards se rejoignent à la cime des sapins dessinés par le vieil homme.

Philip discute avec deux collègues de l'université qui veillent Kreutschmann, dont les paupières sont closes. Stéphane entend leurs murmures en allemand. Dans un coin, sur une table en formica, papiers, carnets, Post-it sont entassés, formant des tas distincts parfaitement alignés autour d'un ordinateur portable relié à un enregistreur numérique. Casque sur les oreilles, une jeune femme écoute des fichiers dont elle fait une retranscription.

— Il était conscient jusqu'à 9 h 47, dit Philip à Stéphane. Nous devons attendre qu'il se réveille, ne pas le brusquer. Les docteurs sont formels. Aucun choc, aucune contrainte.

— Que fait-elle ? demande Stéphane, indiquant la jeune femme.

— C'est une de mes étudiantes. Nous procédons à des enregistrements jour et nuit. M. Kreutschmann parle dans son sommeil, des mots sans signification particulière, parfois des cris, des râles, mais nous devons les consigner, tout ça fait partie du puzzle de sa personnalité. Et puis quelquefois, il y a des pépites.

— Vous parlez de cet homme comme d'un trésor, note Stéphane, qui voit briller le regard de l'historien.

— C'est terrible à dire, mais c'est ce qu'il est, monsieur Faure.

— Alors élevez-le au rang de trésor national.

L'ironie soudaine de Stéphane jette un froid. Ne sachant comment réagir, Philip et Elise échangent des regards embarrassés.

— Venez, approchez, dit un collègue de Philip, il se réveille.

Face au visage du Croquemitaine, Stéphane a les mains subitement moites. La peau des paupières du vieil homme, si fine, si douce, semblable à celle d'un nouveau-né, se relève sur un œil d'un bleu singulier, un bleu ancien.

— Grand-père, dit Elise en français, c'est M. Faure. Il est venu de France pour te rencontrer.

Stéphane se raidit à nouveau d'entendre Elise appeler le Croquemitaine « grand-père », et de la voir lui sourire. Le regard de Kreutschmann ou du dénommé tel capture celui de Stéphane, comme s'il le traversait pour pénétrer son crâne et s'y répandre. Stéphane a l'impression qu'une petite main, pas plus grande que celle d'un bébé mais vieille et sale, entre par ses orbites, fouille sa tête et ses pensées. Il soutient le regard bleu ancien sans rien exprimer, s'interdisant de sourire ni même de saluer, aucune chaleur ni courtoisie. Il ne veut pas avoir, plus tard, à se reprocher d'avoir manifesté une quelconque humanité à un tueur d'enfants, et à cet instant précis il pense aux siens, d'enfants, à ses deux petits, et il les imagine huit décennies plus tôt, entre les mains de cet homme. Stéphane ne veut pas faire cela, les imaginer mourir, mais il n'arrive pas à s'en empêcher, il voit leurs visages et leurs regards comprendre qu'ils vont souffrir et être assassinés et il a envie de cracher sur le Croquemitaine, gifler ce vieillard entouré de tant d'attentions, alors qu'à ses yeux la seule main tendue qu'il mérite est celle qui l'étranglerait.

— Monsieur Faure…, dit le Croquemitaine.

Sa voix n'est même plus un murmure, à peine un soupir, on la croirait faite du vent de la forêt.

— Répondez-lui, s'il vous plaît, souffle Elise, dont les lèvres se sont tant approchées des oreilles de Stéphane qu'elles les effleurent.

— C'est moi, dit Stéphane.

— Lucien…

— Lucien est mort, c'était mon arrière-arrière-grand-père.

— …

— Il s'appelle Stéphane, dit Elise.

— Stéphane… Tu es venu…

— Oui, finit par concéder Stéphane, qu'Elise voit tiquer à l'idée de se faire tutoyer.

— La famille a toujours la boulangerie au village ?

— Oui.

— Avec la pièce secrète…

— On l'a abattue pour cuire plus de pain.

— C'est dommage…

— C'est à ça que sert un four à pain. À faire du pain. Ce qui est dommage, c'est d'avoir dû le transformer en cachette.

— … Tu as des enfants ?

Stéphane ne répond pas. Philip et Elise lui enjoignent de prendre sur lui.

— C'est important, disent-ils de concert. Je vous en prie, oubliez à qui vous parlez.

Stéphane a remarqué qu'un des universitaires filme avec son iPhone. Les micros ont été branchés. L'enregistreur numérique tourne.

— J'ai deux fils, dit-il au Croquemitaine.

— Tu as une photo ?

Stéphane soupire et attrape son téléphone portable. Il fait défiler des images de ses enfants.

— De vraies photos, est-ce que tu as de vraies photos d'eux ? Du papier. Je veux les toucher.

Stéphane range son téléphone, se lève en faisant claquer sa chaise. L'universitaire filme toujours, Stéphane hausse le ton :

— Allez, c'est bon, on arrête les conneries !

Elise fait un signe à Philip, pour qu'il n'intervienne pas. Elle rejoint Stéphane dans le couloir.

— Je sais que c'est difficile et que c'est une histoire qui n'est pas la vôtre, mais s'il vous plaît, revenez, parlez avec lui. Vous êtes le seul avec qui il accepte de dialoguer. Il ne nous répond pas, à aucun d'entre nous. Pour une raison que nous ignorons, c'est à vous seul qu'il veut parler. Je crois qu'il a quelque chose à dire.

— Ce n'est pas à vous qu'il demande la photo de vos enfants.

— C'est vrai. À moi, il ne risque pas de demander quoi que ce soit de cet ordre. Je n'ai pas d'enfants, admet Elise, dont Stéphane voit qu'elle n'arrive pas à dissimuler combien parler de cela la bouleverse, la meurtrit.

— Excusez-moi si j'ai dit quelque chose qui…

— Quand j'ai su d'où je venais, qui était vraiment mon grand-père, ce qu'il a fait, je n'ai pas voulu avoir d'enfants. Jamais. J'ai été opérée pour ça. Que la lignée s'arrête. Je suis la dernière de la famille.

Stéphane ne sait s'il le veut vraiment ou non, mais sa main saisit celle d'Elise, il la prend dans ses bras avec l'impression d'être étranger à lui-même, à son corps, à ses gestes. Puis il revient dans la chambre du Croquemitaine, ses murs forêt, ses universitaires armés de caméras. Il s'assied face à ce regard étrangement familier.

— Tenez, dit-il en montrant un tirage papier de ses deux fils à 7 et 9 ans. On a appelé l'aîné comme mon trisaïeul. Lucien.

Le Croquemitaine regarde les deux enfants, leurs sourires, leurs petits corps en maillot de bain au bord de la mer, la plage de sable où ils jouent.

— C'est bien… Ils ont une vie heureuse…, dit le Croquemitaine.

— Oui, répond Stéphane, on essaie.

— Alors c'est bien…

L'historien à l'iPhone s'est rapproché, il zoome sur le regard du Croquemitaine, ne ratant rien des larmes que son organisme parvient encore à produire. Des larmes maigres, toutes fines comme des gouttelettes d'eau de source. La main parcheminée se hisse jusqu'à la photo et Stéphane abandonne l'image de ses enfants entre les taches de vieillesse du Croquemitaine, qui ferme les yeux.

Après leur visite à l'hôpital, Elise a proposé à Stéphane de profiter de l'après-midi pour lui faire découvrir Hambourg. Ils ont emprunté des bateaux qui remontent les canaux traversant la ville. Ils se sont assis dans des jardins publics, regardant en silence les enfants essayer d'approcher les écureuils. Ils ont marché dans la vieille et la nouvelle ville sans parler de Croquemitaine ni de guerre. Parfois, des traces des combats de la Seconde Guerre mondiale volontairement conservées, murs détruits, impacts de balles, leur rappelaient que ces mêmes lieux n'avaient pas toujours été paisibles. Sans rien se dire, ils pensaient à toute la douleur contenue dans les pierres et ils avaient tous les deux ressenti l'envie de se serrer dans les bras l'un de l'autre. Ils reprenaient leur marche et leur discussion, parlant de leurs vies, leurs professions, leur jeunesse. Lui, marié, deux enfants, exerçant le même métier de boulanger que son père, que son grand-père et ainsi de suite. Il n'y avait rien d'autre à ajouter, avait-il dit, sinon qu'il était suffisamment heureux. Suffisamment. Elle, aide-soignante sans enfants, divorcée d'un commerçant en électroménager. Et rien d'autre à ajouter non plus sinon qu'elle se sentait vieille déjà, elle se sentait passée. Percevant un grand vide à l'intérieur d'elle, Stéphane lui avait raconté qu'au téléphone, la veille au soir, il avait dit à son épouse qu'Elise Kreutschmann était une femme séduisante. Elise avait souri et elle avait invité Stéphane à dîner.

Elise gare son véhicule devant le pavillon d'un quartier de la banlieue nord d'Hambourg où les rues se croisent en un damier parfait, petites maisons individuelles construites sur le même modèle, régularité des lignes que viennent parfois rompre des constructions plus récentes en bois.

— J'ai loué cette maison après mon divorce, dit-elle, car j'aime aller marcher le long de la Baltique. Ici, on est moins loin de la mer et les loyers ne sont pas chers. Avant de nous préparer à dîner, je dois vous montrer quelque chose, Stéphane.

Elise ouvre une porte, s'arrête sur le seuil comme s'il était une frontière qu'elle ne voulait pas traverser ; d'une main hésitante elle prie Stéphane de la rejoindre. Il l'observe un instant dans le contre-jour du début de soirée, elle est grande et elle se tient droite, plus droite qu'à l'hôpital, remarque-t-il. Elle n'ose pas allumer la lumière. Il pénètre dans une pièce dont il peine à savoir si c'est une chambre ou un débarras.

Sur les poignées de porte, sur le lit, aux armoires et sur le dos des chaises sont accrochés des cintres où reposent les habits à la ligne impeccable imaginés par Hugo Ferdinand Boss. La pénombre révèle des silhouettes d'uniformes allemands propres et repassés. Les costumes perchés en hauteur ont des allures de vautours. On les dirait à la fois déchus et fiers d'eux. Des Post-it sont accrochés partout, avec des numéros. Stéphane approche pour mieux voir. Les numéros sont des prix. Veste de troupe : 670 euros ; manteau en cuir pour officier de la Werhmacht : 2350 euros ; sous-col en coton pour vareuse de la Heer : 80 euros ; filet de camouflage pour casque : 670 euros ; aigle de bras pour soldat de la Waffen-SS : 340 euros ; boucle de ceinturon en aluminium doré : 710 euros ; pattes d'épaule de sous-officier : 730 euros…

— Mon grand-père est rentré de la guerre avec plusieurs malles. Personne ne les avait vidées sans pour autant s'en séparer jusqu'à ce que je les ouvre. Nous les conservions dans un endroit où on ne les voyait pas tout en prenant garde à ce qu'elles ne s'abîment pas. Elles étaient remplies d'uniformes, de drapeaux, d'objets de guerre de l'armée allemande qu'avait recueillis mon grand-père. J'en ai d'abord fait un inventaire, je voulais les léguer à un musée. Et puis j'ai eu la curiosité d'aller regarder sur internet si ces choses avaient de la valeur.

Stéphane voit des planches de bibliothèque courir sur les murs. Elles ont été entièrement vidées des livres qui les recouvraient et dont elles ne conservent plus que l'empreinte, découpée par la brûlure du soleil. À leur place se trouvent des articles de guerre. Ainsi que sur le sol et sur des étagères de chantier en métal, maladroitement montées. Tout est rangé, étiqueté au moyen de Post-it : boussole AK39 en mica noir : 360 euros ; gamelle individuelle en aluminium de la Waffen-SS : 390 euros ; jumelles Dienstglas : 260 euros ; porte-chargeur MP 40 : 1 000 euros ; malle d'officier allemand : 300 euros ; lampe de poche individuelle en bakélite marron : 110 euros ; beurrier de campagne : 80 euros ; dix petits pansements individuels : 250 euros…

— Si je vendais la totalité, je pourrais attendre la retraite, je pourrais avoir une voiture comme celle de Philip. Vous feriez quoi, vous ?

Stéphane approche d'une série de plaques hérissées de pointes au bout desquelles il voit des numéros.

— Ce sont des plaques métalliques à aiguilles, dit Elise, elles servaient à tatouer les prisonniers dans les camps.

Elise est restée sur le seuil de cette pièce où elle conserve les affaires du Croquemitaine. Elle s'éloigne à présent, laissant Stéphane seul, sans qu'il sache si elle est allée dissimuler des larmes, sa honte, ou si elle va préparer leur dîner.

Stéphane regarde les objets, il éprouve le besoin de les toucher. Il se dit qu'après cela faire honneur à la cuisine d'Elise sera difficile.

Avant de quitter le débarras, Stéphane examine les cols des chemises des uniformes et les manteaux où des étiquettes indiquent l'identité du propriétaire. Stéphane y lit l'autre nom de Kreutschmann : Stolker.

Haute Corrèze. Janvier 1944

Cœur du cœur de la forêt. Serrés les uns contre les autres, les sapins empêchent toute fuite, leurs branches sont des voleuses de lumière dissimulant une cabane construite autour d'un tronc. Habitation couleur d'ombre, maquillée des épines du sapin pilier, la cabane est blottie dans les bras de la nature. On pourrait passer à quelques mètres d'elle sans la remarquer.

Hünger ordonne le silence et les hommes se coulent dans la terre. Le chasseur, lui répétait son père, doit disparaître à l'intérieur du tableau, se fondre dans les couches de peinture pour comprendre l'univers de sa proie. Hünger détaille les environs de la cabane, scrute ses failles noires dans les verres grossissants des jumelles. L'unique ouverture de l'habitation, à travers laquelle plonge son regard, bute sur l'obscurité.

Allongé auprès du SS, Stolker glisse sur le côté afin de ne pas écraser la tache jaune à quelques centimètres de lui. Une fleur d'hiver. Il ne se demande pas comment elle peut pousser ici, faire surgir des couleurs qui appartiennent au soleil, là même où aucun rayon ne pénètre. Il sait que la vie s'adapte.

Avant d'aller à Hambourg, le petit Steffen Stolker habitait dans un village de Bavière avec ses parents et Adrian, de deux ans son cadet. Son père, employé des postes, et sa mère, lavandière, faisaient aussi les marchés, emmenant leurs fils avec eux. Au fil des saisons, ils y vendaient les fleurs ramassées à l'aube, des paniers en osier, quelques œufs ou des noix que la famille cassait le soir autour du feu. Le père de Steffen avait fait la Grande Guerre, il en était revenu avec un éclat d'obus dans le crâne qui était une bombe à retardement, et une passion pour ce qui parfois resurgissait au milieu des champs de bataille comme un baroud d'honneur : les fleurs.

Il avait appris à ses deux fils l'art de la composition des bouquets mais aussi la façon de cueillir les fleurs afin qu'elles repoussent, comment les conserver le plus longtemps possible. Ne prendre que ce qu'ils savaient pouvoir vendre et aimer. « Pour bien vivre, disait le père à ses deux fils, on a besoin de beaucoup mais en petite quantité. Si vous avez peu de choses en grande quantité, vous serez moins heureux. »

Chaque jour de marché, les deux frères se levaient bien avant l'aube. Ils accompagnaient leur père et leur mère cueillir des fleurs pour lesquelles, ne connaissant pas leurs véritables noms, le père en inventait un, juste pour eux. Davantage qu'un secret, c'était leur langage à eux trois. Il y avait les soleils-en-chocolat, les lunes-qui-rient, les écureuils-d'Alaska ou les pipis-rouges. Ces derniers étaient les préférés des enfants, qui les ramassaient en scandant leur nom dans un festival de dents blanches. « Pipis-rouges ! »

Avec le déplacement de l'éclat d'obus dans son crâne et la rouille qui envahissait son cerveau, le père de Steffen oubliait chaque jour un peu plus. Sa mémoire s'effritait lentement dans les yeux de ceux qu'il aimait. Son nom, avaient dit les docteurs, lui serait bientôt inconnu, comme celui de sa femme et de ses enfants. Il le savait, tous le savaient, malgré cela ils avaient décidé de vivre des années heureuses où le présent serait tout. Et ils avaient réussi. Lorsque les prédictions des docteurs se sont réalisées, les jeunes Steffen et Adrian ont vu leur père devenir inconnu à lui-même. Seuls subsistaient les noms des fleurs réinventés qui revenaient immanquablement lorsque ses fils les lui dessinaient.

Le jour où Steffen était parti à la guerre, en février 1941, il avait vu son père pour la dernière fois. Leur mère voulait accompagner ses deux jeunes fils enrôlés jusque sur le quai de gare, et il avait fallu laisser leur père à la maison. En leur absence, ils devaient l'attacher à son siège, sinon il risquait de sortir, errer dans les rues, se perdre. Sans quitter les yeux bleu ancien vides de souvenirs, Steffen avait passé les sangles autour des bras, des jambes, du torse et il avait serré, veillant à ce qu'aucune pression ne meurtrisse l'homme dépourvu de mémoire avec qui il partageait tout et rien. Un père.

Plus tard, quand le train les avait emportés vers un horizon de meurtres de masse, les deux frères s'étaient pris dans les bras l'un de l'autre, et Steffen avait dit que le cerveau détruit de son père lui avait au moins épargné de voir ses fils partir à la guerre. Steffen avait alors sorti deux photos identiques, eux enfants avec leurs parents, et en avait glissé une dans la poche avant de la chemise de son frère. À l'endroit du cœur. Puis il avait fait de même dans sa chemise à lui.

La fleur jaune, pétales de velours mouchetés de bleu que Stolker a failli écraser de son poids, est un sourire-de-salamandre. Stolker se demande si son frère se souvient encore du sourire-de-salamandre. « Oui, assurément, murmure-t-il sans émettre le moindre son, assurément. Il ne peut en aller autrement. » Papa von Wissen observe Stolker, qui ne fixe plus la cabane en bois brut mais une fleur d'hiver dont il a tant approché son visage qu'elle éclaire ses yeux bleu ancien. Papa von Wissen parcourt ses hommes du regard, « mes hommes », ose-t-il se dire à lui-même et sans que cela ne lui soit insupportable. Un sentiment qu'il ne peut s'expliquer le fait soudainement s'attendrir pour son unité pétrifiée.

Attendre. Respirer à l'intérieur de soi. Taire jusqu'aux battements de son cœur, et alors les signes apparaissent. L'ombre d'un silence, le grignotement d'un rongeur, le pas feutré d'un renard. La vie de la forêt. Celle qui ne prospère qu'en l'absence de l'homme. Hünger est désormais sûr de lui : ils sont seuls.

Des masses de chair et d'os et leurs uniformes moites remuent si lentement que rien ne semble bouger. Les hommes suivent le SS en direction de la cabane de rondins. La fenêtre encadre les formes d'un mobilier fruste sur lequel la poussière s'est accumulée en autant de variations de couleurs que d'années écoulées. La crasse qui s'y répand participe d'une vie à laquelle un bourdonnement tient lieu de respiration. Du bout du canon, Hünger pousse la porte, qui s'ouvre dans un crissement de bois. Une chevelure de charbon s'agite dans l'air. Des mouches, des essaims de grosses mouches ivres et repues.

Papa von Wissen a rejoint Hünger et Stolker. Leurs yeux s'habituent à la pénombre, distinguent des traces de pas au sol. Des trajectoires se superposent les unes aux autres, affluant vers une trappe. Stolker la soulève, découvre un carré noir. Le jeune Stalz accourt, donne à son ancien professeur une torche que l'humidité rend paresseuse. Empruntant une échelle rudimentaire, Stolker descend le premier, éclairant les parois étroites d'un conduit où enfle un bruissement.

Il découvre un sous-sol encaissé, une vieille table où sont agglutinées des mouches par centaines, comme un paquet de nerfs emmêlés autour d'une carcasse de viande. Stolker les disperse, mais elles reviennent et rien n'y fait, elles ne veulent pas lâcher la charogne de laquelle émerge une épaule tavelée de plaies. Stolker, Hünger et von Wissen font de grands gestes. Brassant l'air vicié, ils dégagent un corps nu, attaché sur la table, face contre bois veiné, rectum ouvert au poignard, fouillé, souillé. Deux bras arrachés, une jambe coupée, un pied tranché.

Le faisceau de la lampe éclaire alors le visage d'un homme figé dans la souffrance. Stolker voit la victime et vacille. Papa von Wissen rattrape son caporal avant qu'il ne chute. Le lieutenant murmure à ses oreilles tout en serrant son corps contre lui aussi fort qu'il le peut :

— On va détacher votre frère, caporal Stolker. On va le laver. On va l'enterrer. Et on va le venger.

Hünger récupère la lampe qui a glissé des mains de Stolker, il ordonne aux hommes restés à l'étage de redoubler de vigilance puis balaie l'espace d'une lueur vacillante, découvrant que le sous-sol se prolonge dans des galeries creusées entre les racines des sapins, une terre grasse où ruissellent de minces filets d'eau claire.

Mêlé au clapotis des gouttes, le bourdonnement augmente au fur et à mesure que Hünger s'enfonce. Des insectes volants pénètrent sa bouche, il crache des taches noires. Devant lui, à la distance d'une main tendue, il y a quelque chose. Un monceau de mouches.

Elles ne sont pas uniquement sous terre pour fuir l'hiver. Elles recouvrent une matière exhalant une odeur de carnage. La puanteur dessine une nausée sur la figure du SS, qui met son nez dans son coude afin de ne pas vomir. Il disperse à grand-peine les nuées et dévoile les contours d'un visage avalé par lui-même.

Hünger hèle Papa von Wissen, qui suit la voix jusqu'au fond du souterrain, où la lampe du SS détaille un squelette logé au cœur d'un entrelacs de racines. Un squelette recouvert d'un agrégat de chairs mélangées, façonnant une parodie de corps humain en putréfaction. Épouvantail d'homme à qui il manque les bras, une jambe et un pied. Le visage est identique à ceux des pendus. Un trou de nuit. Hünger observe une empreinte dans la chair décomposée. Celle qu'a laissée la main du sculpteur.

De jeunes doigts écartent des tiges d'un vert intense, fouillent un flot de fleurs rouges. Entre fougères et bruyères, Walther Stalz découvre le ruissellement d'une petite source. Il remplit plusieurs gourdes et revient à la cabane, les place à côté d'un lit de fougères disposées au sol. Puis, avec Stolker et Papa von Wissen, il remonte le corps d'Adrian, l'installe à l'air libre sur les fougères. À l'exception d'eux trois, Stolker n'autorise personne à voir le cadavre de son frère mutilé, qu'il nettoie lui-même, estompant les souillures à l'eau fraîche.

Hünger continue d'observer les alentours, scruter les sapins et la barrière qu'ils opposent à la lumière. Son regard est pétri d'attente, comme s'il espérait non plus une trace mais que surgisse une idée. Une intuition. Les hommes, eux, sont terrifiés.

Stolker termine de laver son frère, dissimulant les mutilations derrière des fougères. Sa main effleure la poitrine d'Adrian, s'y arrête, paume grande ouverte. Il réprime des larmes, leur interdisant de franchir la frontière de ses yeux. Il sort la photo retrouvée dans l'uniforme et la dépose sur le cœur de son frère. Les deux blondinets. Les parents. Leur sourire.

À l'écart de la cabane, une trouée de lumière dessine les colonnes d'un temple entre les sapins. Des têtes silencieuses sont penchées vers la terre que rejoint Adrian Stolker, 23 ans, fils d'Alexander Stolker et de Franczziska Khrön, et lui-même père de deux enfants. La voix fatiguée de Papa von Wissen possède encore le pouvoir de s'élever jusqu'à la cime des arbres. Un chant d'enfance pour dire adieu. La voix de Stolker se joint à celle du lieutenant prussien pour entonner une comptine que tous connaissent. À une époque, on la leur a fredonnée. À tous. Les hommes s'agenouillent et recouvrent, ensemble, le corps de terre. Puis d'un mausolée de fougères que chacun effleurera comme un dernier adieu.

Avant cela, Steffen Stolker a fait quelque chose. Il a demandé un instant, s'est éloigné, et tous l'ont vu s'agenouiller dans le massif de bruyère, là même où il s'était posté pour surveiller la cabane. Il est revenu avec le sourire-de-salamandre et il a déposé sur le visage de son frère la fleur aux pétales jaunes mouchetés de bleu.

Les hommes effacent leurs traces autour de la cabane, n'omettant qu'une série de pas qui mènent à un fourré de bruyères. Les deux caporaux qui encadrent l'opération de dissimulation multiplient les regards croisés. Stolker voit maintenant dans le SS un outil indispensable pour venger son frère. Les neuf hommes se réunissent en demi-cercle autour du lieutenant, à qui Stolker donne neuf brindilles de bois ramassées au sol. Papa von Wissen en brise une, plus petite que les autres de moitié, les mélange et les tend à ce qu'il reste de son unité. Stalz tire la plus courte et tous s'écartent de lui.

Le jeune homme écoute les consignes de Hünger lui indiquant sa place et son rôle dans le fourré de bruyère, au terme des traces demeurées visibles. Stalz hoche la tête. Il tente de se convaincre que s'il fait ce que lui dit le SS, il s'en sortira. Ce qu'il redoute surtout, c'est d'être capturé. Finir comme

Adrian. Malgré ses 16 ans, Stalz s'est résigné, une partie de lui est prête à mourir, mais subir ce qu'a enduré le frère du professeur, non. « J'ai pas demandé à exister », murmure-t-il au fond de son cœur.

Le jeune homme regarde la trouée de lumière où il sera à la merci de tireurs embusqués prêts à actionner le verrou d'un fusil, à appuyer sur la détente et à retirer du monde un humain de plus sans que cela change rien à rien. Il avance vers la cachette en forme de cible et sa vie lui fait l'effet d'une étoffe tricotée de hasard sur laquelle il n'a plus aucune prise depuis le jour où il a revêtu un uniforme. Hünger observe la panique monter dans le regard de Stalz et approche avec un tube jaune et bleu rempli de pilules blanches qu'il lui tend.

— C'est quand on a peur qu'on devient un héros, assène Hünger.

Stalz acquiesce sans lui offrir son habituel sourire résigné, sans répondre non plus qu'il ne veut pas être un héros, qu'il ne l'a jamais voulu. Il attrape la pilule miracle et avale le Pervitin en se tournant vers Stolker qui a dispersé les hommes à des postes d'observation sans lâcher du regard son ancien élève, ses acquiescements de gosse perdu aux consignes du SS.

Stolker approche, il tend la main à Stalz et l'extrait de sa cache, il arrache la courte paille que tient encore la jeune recrue et s'allonge à sa place dans le fourré de bruyères. Stalz baisse la tête, s'éloigne, l'heure n'est plus à dire merci ni à exprimer quoi que ce soit, et Hünger prend note de l'attitude de son héros de caporal avant de se consacrer à l'effacement des dernières traces.

Sous les feuilles, dans les arbres, au creux des plis de la terre, les hommes sont invisibles. Seul Stolker, chèvre du piège de Hünger, est trahi par les traces menant à sa cachette fantoche. Depuis le sapin en haut duquel il s'est posté, Hünger a une vue panoramique sur les lieux. Il a accroché sa mitraillette dans son dos, lui préférant un fusil et sa lunette de visée, à travers laquelle il vérifie ses angles de tir. Papa von Wissen a choisi l'intérieur de la cabane. Dissimulé dans une bouche d'ombre, le Prussien est prêt à mitrailler quiconque entrera.

Les heures, le doute, la forêt feignent d'oublier les hommes. « Toujours aucun pépiement d'oiseau », se répète Stolker depuis ses bruyères, où le monde se réduit à une fente ouverte sur la cabane.

Un craquement de brindilles. Stolker serre son arme et vise dans l'entrelacement de branches où surgit une tache fauve. Deux billes noires à la place des yeux et les oreilles en pointe d'un écureuil qui s'arrête à quelques centimètres du canon, renifle le métal. Avec des gestes qu'une infinie lenteur rend invisibles, le caporal attrape du tabac au fond de sa poche. Main grande ouverte, il attend, immobile. L'écureuil approche, saisit l'offrande de ses minuscules pattes griffées. Stolker le regarde flairer le tabac. En d'autres temps, à une époque où on l'appelait Steffen, il aurait souri de ce petit animal roux dont il se souvient avoir goûté la chair si tendre lorsqu'il était enfant. C'était, avait-il entendu, un plat de pauvre, et le jeune Steffen avait murmuré à son père, comme un secret : « Il ne faut pas le leur dire, aux riches, que c'est si bon, sinon, ils viendront et ils tueront tous les écureuils de la forêt pour les manger. »

Stolker se rappelle du sourire de son père à ce moment-là. Ce n'était pas le sourire d'un homme amusé par la remarque d'un enfant mais celui d'un père fier de son fils. « Bon sang, se dit Stolker dans sa cage de bruyères, comment est-ce qu'on en est arrivé là ? Comment est-ce qu'on en arrive toujours là ? »

L'écureuil se fige, une intranquillité s'est subitement emparée de l'animal. Un bruissement diffus et la queue rousse s'envole dans les sapins, abandonnant le tabac du IIIe Reich.

Sur une ligne d'horizon bouchée, des troncs d'arbres donnent l'impression de se mouvoir. Ils sont une vingtaine à approcher, probablement des maquisards. La peur s'estompe dans les yeux des soldats embusqués, pour qui un danger identifiable reste préférable à une terreur invisible. Dans la lunette de la carabine de Hünger, les habits et les corps ne sont pas ceux d'hommes préparés pour la guerre, ce sont les pères des familles juives arrêtées sur la place du village. Pas une silhouette de maquisard avec eux. « Les prisonniers se sont enfuis », se murmure Hünger à lui-même, comme si c'était la dernière chose à laquelle il s'attendait. Des prisonniers désormais libres, qui suivent les traces laissées par l'unité jusqu'aux environs de la cabane. Ils sont armés des fusils qui ont tué leurs familles.

Rencogné dans l'ombre, Papa von Wissen les voit hésiter à pénétrer dans la cabane. S'ils continuent d'avancer, ils le trouveront et il faudra se défendre. Depuis qu'il est rentré de Biélorussie, Lothar von Wissen ne veut plus tirer sur personne. Il regarde ces pères juifs, il décide qu'il ne tuera plus aucun civil, ni aucun innocent, puisque c'est le nom qu'il faut leur donner. Des innocents.

Ils en ont tué – il en a tué – tellement pendant la Grande Guerre, juste parce que c'était possible, avec toutes ces nouvelles armes et ces inventions et aussi parce que ça ne coûtait rien, les innocents. « Pourquoi s'en priver ? » avaient l'air de penser tout haut certains officiers. Tous ensuite avaient juré de ne plus jamais sacrifier personne inutilement. On en avait fait des grandes phrases et des traités. « Pourquoi faut-il toujours tout oublier, tout recommencer et tout saccager ? se dit alors le vieux lieutenant. Et elle rime à quoi, ma vie gagnée à en détruire tant ? »

Papa von Wissen relâche la pression de son doigt sur la gâchette. Il ne tirera pas. « Je ne tuerai plus personne » résonne en boucle dans sa tête, une promesse qu'il tiendra.

Depuis leurs différents postes d'observation, les hommes de l'Ordnungspolizei ne se font quant à eux aucune promesse et orientent leurs armes vers les Juifs. À travers les branchages, Stolker voit des pieds nus marbrés d'éraflures. Il relève le canon et vise un uniforme identique au sien, des mains qui ceignent la même mitraillette, un regard dépouillé. Le père de famille dissimulé dans le four à pain a revêtu le costume de ses bourreaux.

Samuel suit des traces trop évidentes, écarte les branchages et reconnaît celui qui a donné une chance à sa famille. Stolker baisse son arme, demeure immobile au milieu des bruyères.

Un Juif pénètre dans la cabane, il y découvre un officier allemand qui vient de se faire une promesse. C'était il y a quelques secondes et c'est si loin déjà. Ne subsiste à présent qu'une atavique volonté de survivre. La mitraillette du lieutenant von Wissen déchiquette le ventre qui approche, sonnant le début de la fusillade.

Les Juifs s'écroulent un par un, hachés par la mitraille. Les soldats dilapident leurs munitions avec une frénésie qu'ils croient libératrice et sortent de leurs planques pour achever les blessés à bout portant.

Hünger est plus économe : une balle, un homme.

Témoin muet du massacre, Steffen Stolker voit Stalz, hébété, incapable d'utiliser sa mitraillette, et lorsque c'est la fin de la tuerie le jeune garçon jette son arme au sol. Le canon toujours froid.

Pieds nus sur tapis d'épines, Samuel approche des hommes sans lever les mains. Le SS ordonne à Stalz de ramasser sa mitraillette pour exécuter le dernier survivant. Samuel attend la mort, le regard fiché dans celui de Stolker. Pas parce qu'il lui en veut de leur avoir donné un peu d'espoir dans ce four à pain, ou de n'avoir rien fait pour les sauver ensuite. Non, il décide simplement que sa dernière image avant de mourir sera le visage de cet homme-là.

Stalz est immobile. Prostré et buté, il fixe le sol. Hünger réitère son ordre d'abattre Samuel. Stalz dit : « Non. » En français. Un « non » presque inaudible tant il est murmuré, mais ici tous l'entendent et c'est une sidération, ce jeune de 16 ans qui dit non au SS. Y compris pour Stolker. Pas un ici n'a jamais dit non à un homme du parti. Lothar von Wissen observe de loin, il a repris sa position de retrait et d'abandon. Il laissera faire. Le SS menace la jeune recrue de représailles contre sa famille, puis lève son arme en direction du garçon, qui lui dit :

— Nous sommes déjà tous morts.

Le corps de Stalz s'écroule sans que Hünger ait mis sa menace à exécution. La détonation qui retentit n'est pas celle d'une mitraillette allemande mais d'un fusil de chasse. Stalz crie et porte la main à son cou, sa gorge en charpie d'où s'écoule un sang étrangement pâle.

Des coups de feu résonnent avec la régularité d'un métronome. Les uniformes s'écroulent les uns après les autres. Une balle, un homme. Où qu'ils aillent, quoi qu'ils fassent, ils chutent, tous, y compris von Wissen.

Seuls Hünger et Stolker parviennent à se mettre à l'abri derrière un rocher tandis que Samuel s'éloigne sans courir, sans se cacher ni jamais être la cible d'aucun tir.

Les coups de feu ont cessé, rendant à la forêt un silence où s'effondrent quelques râles. Hünger a identifié l'arbre depuis lequel leur adversaire a tiré et se tourne vers l'autre caporal.

— Cours jusqu'à la cabane, il devra se découvrir pour tirer. Alors je viserai là où surgira l'étincelle de son fusil. J'ai une chance de l'avoir.

Stolker sait Hünger excellent tireur, mais il a aussi apprécié le talent de leur ennemi. Il jauge la distance jusqu'à la cabane, une vingtaine de mètres où remue encore la carcasse de Lothar von Wissen. Le lieutenant blessé au ventre a entendu Hünger. Ses lèvres bougent :

— Tu dois rentrer vivant, caporal Stolker, tu es là pour survivre... C'est un ordre.

Lothar von Wissen tapote sa poitrine, à l'endroit du cœur, il adresse un regard lourd de responsabilité à Stolker et, réunissant ses dernières forces, se relève, faisant face au sapin meurtrier. À découvert. Hünger épaule, prêt à tirer, mais aucun coup ne retentit. De longues secondes s'écoulent pendant lesquelles Lothar von Wissen essaie de se tenir droit, « être digne pour la sortie de piste », se dit-il tout en sachant au fond de lui que rien n'efface jamais rien. Une fois que le mal est fait, il est fait. « L'âme n'est pas une ardoise », c'est son père qui le lui a dit sur son lit de mort.

L'adversaire perché en haut des sapins choisit de ne pas tirer cette cible offerte. Il sait qu'un cadeau sans valeur est une insulte. Ou un piège. Von Wissen se penche, saisit son arme et la dirige lentement vers les sapins, les balayant de rafales de mitraillette en quête d'une réponse. Un éclat de lumière perce la frondaison et Papa von Wissen s'écroule, une balle en plein cœur. Hünger a repéré la position de son ennemi. Il fait feu.

Une silhouette vacille, les branches s'affaissent, libérant une ombre que Stolker et Hünger voient heurter le sol. Ils mitraillent de concert mais l'ombre se relève et parvient à s'enfuir, entraînant dans son sillage le SS et le professeur, qui s'enfoncent dans les bois.

Ils vident leurs chargeurs en direction de la cible mouvante, tirent, rechargent dans l'élan de la course, ne laissent aucun répit à l'ombre qu'ils poursuivent sans trop savoir qui est la proie, qui est le chasseur.

À LA RECHERCHE D'UN SOUFFLE, des mains effleurent les visages des soldats à qui la mort a rendu leur statut d'hommes. Des pieds nus et écorchés évitent les éclaboussures écarlates qui strient le sol afin de ne pas mêler leur sang à ceux des cadavres. Encore chauds, ils exhalent une vapeur qui s'élève dans l'air froid. La mort des assassins n'apporte aucune satisfaction à Samuel, aucun sentiment de justice.

Lorsqu'il se penche sur le visage de Jorg Kühn, Samuel se formule une nouvelle fois, sans pouvoir l'expliquer, que c'est lui, le représentant en cigarettes, qui a exécuté les siens. Il scrute ses yeux grands ouverts, n'y cherche aucune explication, mais le reflet de ses enfants morts. Peut-être la rétine du meurtrier aura-t-elle conservé quelque chose du dernier regard de ses petites filles. Peut-être qu'enterrée au fond d'un iris éteint subsiste l'ultime trace de ceux qu'il aimait.

Samuel contemple les corps impeccablement exécutés par ce justicier redoutable qui ne répare rien. Il n'a jamais cru à un quelconque dieu ni accordé le moindre intérêt aux croyances de son peuple. Pourtant, ces corps sans vie étalés dans une terre glaise traversée d'épines lui donnent l'idée de fabriquer un golem. Une créature faite d'argile qui traquerait les assassins enfuis dans la forêt et les conserverait vivants, retenant leur souffrance jusqu'à la fin des temps. Peut-être est-il cela, se dit-il, un golem, celui qui les a libérés du camion.

Samuel plonge ses doigts dans la terre glaise, et sur son front il inscrit le mot *emet*, « vérité », que ses parents lui ont appris en lui lisant des contes juifs lorsqu'il était un enfant.

Samuel examine les corps un par un, il veut voir et peut-être recueillir quelque chose de ces visages, ces regards ordinaires de tueurs malgré eux. Malgré eux ? Il se demande si au milieu des ordres les assassins de sa famille ont éprouvé un plaisir, même infime, même dissimulé sous des couches de douleur et de honte, à prendre des vies d'enfants.

Samuel s'éloigne de la cabane, suit le son d'un clapotis, en trouve la source. Il s'agenouille, recueille l'eau dans ses mains en coupe et boit. À l'ombre d'un pli de terrain, deux rongeurs se glissent dans un renflement du sol, attirant son attention sur un enchevêtrement de branches de sapin qu'il démêle, chassant une famille de castors serrée contre le corps d'un vieil homme. Samuel reconnaît la silhouette étendue, il s'agenouille auprès de celui qui avait caché sa famille dans la pièce secrète de son four à pain et dont la main droite serre une motte de terre, les paupières papillonnent. Millimètre par millimètre, Lucien Faure tente de reprendre possession d'un corps inerte au prix d'efforts considérables. Après le choc reçu dans le camion, le vieil homme doute de pouvoir jamais parler. Il a pourtant quelque chose à dire. Quelque chose d'important.

Plusieurs heures auparavant, en bordure du chemin où l'avaient laissé les Allemands, Lucien Faure a abandonné son corps au froid de la terre et à ses vers, remontant des profondeurs, attirés par la chaleur qui émanait encore du vieil homme. Cessant de lutter pour rester éveillé, son esprit a vagabondé dans un torrent d'images et de sons. Il s'est alors dit que la croyance selon laquelle chacun revoyait sa vie avant de mourir était vraie. À la différence que sa mémoire à lui excluait tout souvenir heureux, faisant défiler encore et encore les images de son fils parti à la guerre, puis de son petit-fils de 18 ans. Et de ce dernier revenant avec un trou à la place du visage.

Vingt-cinq ans plus tard, allongé sur une terre raidie par le givre, le vieux Lucien Faure a été sorti du tumulte de ses pensées par un son lointain, une suite discontinue de trous dans le silence où il a reconnu l'écho si caractéristique du fusil de chasse avec lequel il avait lui-même appris à tirer. Le fusil de son père, que les hommes de la famille léguaient à leurs descendants depuis des générations et qu'avait dérobé son petit-fils avant de disparaître une nuit d'automne 1918.

Ces coups de feu, aujourd'hui, des années après, une guerre après, Lucien en était responsable, il les avait provoqués en orientant les camions allemands vers un raccourci dont il savait qu'il était le chemin de leur tombe.

Désormais, chaque coup de feu dans la forêt résonnait dans sa poitrine comme si c'était sur lui que l'on tirait. Il voulait lui hurler d'arrêter, à ce fusil, qu'il pouvait tuer tous les Allemands du monde, il le devait, mais pas ceux-là… pas celui-là.

Après que les coups de feu ont cessé, le calme est retombé, jusqu'au vent qui donnait l'impression de souffler en silence, et une ombre est apparue. Elle a hissé le corps inerte du vieil homme sur son dos puis est repartie sans que la lourde carcasse n'altère sa course silencieuse, se fondant dans la forêt.

De retour à la cabane, l'ombre a avisé la présence des Allemands puis dissimulé Lucien derrière des branches en contrebas de la source. Son corps couché sur un matelas de fougères.

Avant de repartir ôter l'existence à une nouvelle poignée de soldats, l'ombre a déposé un baiser sur le front du vieil homme.

Le chasseur de la Forêt-Noire et le professeur de français mettent leurs pas dans les traces de l'ombre, ils remontent un cours d'eau frissonnant de couleurs vives, chatoiement orangé de fleurs crénelées. Hünger se penche et dans le lit du ruisseau cueille des girolles qui ont poussé au milieu du courant, comme un défi à l'hiver. Affamés, les deux hommes avalent des champignons crus qui n'auraient jamais dû apparaître à cette époque et auxquels Hünger ajoute des cachets de Pervitin. Ils reprennent ensuite la traque, abandonnant derrière eux les cascades de chanterelles sur lesquelles ruisselle une eau d'argent.

Les traces concédées par l'ombre les entraînent vers des étendues toujours plus dépossédées de lumière où les arbres, branche à branche, confisquent le ciel à perte de vue. Puis ce sont des sous-bois tapissés d'orties et de perce-neige franchis sans ralentir. L'enfoncement des traces dans le sol indique à Hünger que l'adversaire les distance, et lorsqu'ils escaladent des roches de granite couturées d'éclats de mica, le professeur et le SS doivent s'aider l'un l'autre, piétinant les étoiles prisonnières des pierres.

Ils atteignent l'entrée d'une immense combe où la soudaine présence du ciel plisse leurs yeux habitués à l'obscurité de la forêt. Une fente entre deux collines boisées, langue de fougères où se perd le sillon tracé par l'ombre. Hünger s'arrête.

— Le sillon est trop visible. Il est allé au centre puis il est revenu sur ses pas, j'en suis sûr.

— C'est ce que tu aurais fait ?

— Oui. Il a sûrement bifurqué, à droite ou à gauche, puis rejoint l'un de ces arbres. C'est ici qu'il attend pour…

— … nous abattre depuis la cime des sapins.

— Exactement. Il faut que tu traverses le champ en rampant sous les fougères. Quand il te verra, il sera obligé de se découvrir. Il y aura encore une fois un éclair qui le trahira quand il tirera, j'aurai alors une nouvelle chance de le tuer avant qu'il ne recharge. Tu seras dissimulé par les branches des fougères, ce sera un coup difficile pour lui. Il devra s'en remettre à son intuition et à la chance. Je ne pense pas qu'il t'aura au premier tir. Ce sera à moi de m'assurer qu'il n'y en ait pas de second. Cette fois je ne le raterai pas.

Stolker scrute Hünger au fond des yeux. À cet instant, il ne voit plus dans cet autre caporal un SS mais un allié, et pour la première fois après tout ce temps passé côte à côte, Steffen Stolker tend la main à Friedrich Hünger. Lorsque le SS la saisit et scelle leur accord, le professeur de français réalise combien affronter un ennemi commun peut souder l'inconciliable.

Hünger se hisse en haut d'un sapin en bordure de la combe. Une vingtaine de mètres plus bas, Stolker rampe entre les tiges humides des fougères, se glisse dans une mer de frondes fanées, couleur cuivre. Un silence affûté par le sifflement du vent pèse sur les bois. Entre le versant de gauche et celui de droite, Hünger a choisi la direction à surveiller en priorité. Il a fait le pari que, croyant le tromper, son adversaire aura paradoxalement opté pour l'endroit où il sera le plus vulnérable, le plus visible. Dans un face-à-face, peu osent privilégier une option apparemment moins bonne à une autre supposée meilleure. Ce qu'il a compris de son ennemi incite Hünger à penser qu'il est un de ceux qui suivent de telles intuitions. Un qui ose. Un pur chasseur. Avec celui dont il n'a aperçu que l'ombre, le SS ressent une proximité étrange.

Le temps, à ramper pour Stolker et à observer pour Hünger, s'écoule dans une crispation de chaque instant, au prix d'un effort éreintant le corps et l'esprit. Un présent qui n'est plus que tension.

Stolker épouse une combe aux allures de tombe en se souvenant qu'en 1933, alors que le Führer hypnotisait un peuple entier et accédait au pouvoir par les urnes, de l'autre côté d'une des frontières du pays l'astronome suisse Fritz Zwicky étudiait sept galaxies perdues dans la Chevelure de Bérénice, révélant l'existence d'une « matière noire » invisible, inaccessible. Quelques années plus tard, au début de la guerre, le soir même du mariage de Steffen, son jeune frère Adrian, amateur d'astronomie, lui avait dit : « Nous sommes nous aussi cette matière noire, perdue dans ce qui est trop vaste. »

Adrian avait bu ce soir-là, Steffen aussi, et sûrement, après avoir rejoint leurs femmes, les deux frères avaient-ils fait l'amour en même temps.

Stolker attrape du tabac dans sa poche, roule une cigarette, l'allume. Couché sur le dos, il regarde la fumée monter vers un ciel sans couleur ni relief, sans nuage.

« Pourquoi n'y a-t-il pas un seul oiseau dans cette forêt ? » se demande-t-il encore. Il voit la fumée disparaître, absorbée par ce qui n'a ni forme ni sens, comme si elle n'avait jamais existé, n'était jamais sortie de sa bouche.

Vues depuis la cime des sapins, les vapeurs de tabac vivent encore quelques secondes au milieu des vagues brunes des fougères fanées avant leur dispersion par le vent.

Une lueur éclate dans la vaste ramure, le son mat et précis d'un coup de feu, un fusil de chasse. Hünger a deviné juste, il a surveillé la bonne direction, celle qui en théorie ne l'était pas. Dans la seconde consécutive à l'éclair, perché à une vingtaine de mètres du sol, Hünger tire avant que ne retentisse un deuxième coup. Les branches du sapin visé s'ébrouent, un corps s'écroule depuis son faîte, rebondit de branche en branche, s'écrase au sol.

Hünger descend de son sapin sans aucune précipitation, longe prudemment l'orée des bois, demeurant protégé par la pénombre, et lance quelques œillades vers les fougères.

Le chasseur arrive au pied de l'arbre d'où a chuté le corps de l'ennemi. Face contre terre. Hünger remarque l'écorce du sapin arrachée, il voit les entailles faites par le métal, les cicatrices du bois, la résine pourpre. Hünger ne se hâte pas, il observe l'adversaire immobile, met en joue la silhouette inerte. Attend.

Un froissement d'herbe le fait réagir. Stolker, cigarette au bec, approche à découvert au milieu des fougères qu'anime une brise fugace. Les deux hommes se rejoignent autour d'un corps inanimé recouvert d'étoffes. Stolker se baisse pour le retourner, voir le visage de celui qui a fait ce qu'il a fait à son frère. En retrait, Hünger vise, prêt à foudroyer le cadavre, et si besoin une fois encore tuer la mort.

Sous un long manteau rapiécé, Stolker découvre un corps en décomposition. Dévoré de vermine, son visage exhibe une fente semblable à la combe.

Deux coups de feu retentissent depuis la cime des arbres. Un pour chaque caporal. Les détonations d'un vieux fusil de chasse.

Hambourg. Novembre 2020

Les historiens de l'université d'Hambourg établissent quotidiennement une liste de thèmes à aborder qu'ils remettent à Stéphane avant qu'il rejoigne le Croquemitaine. Tous continuent d'ignorer les raisons pour lesquelles le boulanger venu de France est le seul à qui un ancien officier des camps de la mort accepte de se confier. Les renseignements qu'il fournit, exclusivement sur le fonctionnement de la machine d'extermination nazie à la toute fin de la guerre, constituent une somme d'informations à laquelle plus personne ne pensait pouvoir prétendre avec la disparition des derniers témoins de cette époque. L'absence de filtres chez le Croquemitaine, qui se confie sans pudeur ni aucune culpabilité, permet aux historiens d'effectuer des avancées importantes. Il règne une atmosphère électrique dans les couloirs saumon du département Alzheimer, une excitation palpable traverse les discussions des universitaires parfois euphoriques et devenus source de distraction pour les malades de l'hôpital. Un soir, dans un bar, alors que Philip enchaînait les bières avec Stéphane et d'autres professeurs, mais aussi des étudiants en thèse, l'historien lui a confié avoir attendu toute sa vie de recueillir un témoignage de cette valeur.

— Peu d'entre nous ont une chance pareille, déclare Philip, qui prévoit de publier un essai sur le Croquemitaine. Je pense l'appeler *Le Troisième Visage de l'Europe*, qu'en dites-vous ? C'est bien, non ? Bien sûr, vous serez mentionné, Stéphane. Votre apport est essentiel. Et puis il témoigne d'un rapprochement supplémentaire entre nos deux pays. Il est utile de rappeler ce qui nous unit, ce que nous pouvons bâtir ensemble. Ce que nous pouvons traverser, dépasser. L'Europe n'est pas un vain mot, elle s'exprime là, à travers notre collaboration. Il n'y a pas qu'Airbus qui la symbolise à la fin !

Stéphane avait acquiescé avec un sourire embrumé, s'abstenant de lui dire que le terme « collaboration » n'était peut-être pas le plus approprié. Depuis sa rencontre avec le Croquemitaine, toute envie de faire de l'humour, toute ironie l'ont abandonné. Il avait regardé Philip boire et parler et puis boire encore et parler encore. Et quand tous avaient levé leurs verres en trinquant « au Croquemitaine », lui était allé pisser sa bière tiède.

La veille, Stéphane avait appelé sa femme pour lui annoncer que tant que le Croquemitaine lui parlait, il souhaitait rester. Il avait dit qu'il se sentait utile et cela lui faisait du bien, puis, corrigeant aussitôt : « Non, pas utile, important. »

Elise Kreutschmann avait proposé de l'héberger chez elle et Stéphane souhaitait demander son accord à sa femme. Il n'avait pas eu besoin de préciser que la maison était grande, qu'il y avait plusieurs chambres ni même qu'il n'y avait aucune ambiguïté entre eux, la femme de Stéphane savait tout cela. Elle lui avait dit que c'était une bonne idée et, avait-elle ajouté amusée, la compagnie d'une femme séduisante, fatiguée à défaut d'être fatigante, le changerait peut-être des beuveries avec les universitaires hambourgeois. Stéphane avait souri, ils s'étaient quittés complices et, malgré la distance, unis comme à chaque fois que l'un d'eux traversait un moment compliqué.

Au domicile d'Elise, Stéphane découvre des paquets par dizaines, de tailles différentes, entassés dans l'entrée. Avec une adresse sur chacun d'eux.

— Je ne savais pas comment vous le dire. J'ai finalement décidé de vendre les affaires de mon grand-père. La demande est énorme. En

Allemagne, mais aussi en Autriche, en Pologne, en France… et aussi au Japon. Le site par lequel je passe organise même des enchères… Il y en a pour plus de 400 000 euros. Et si je me résous aussi à vendre la plaque d'aiguilles à tatouer du camp de concentration, beaucoup plus… Je sais que ce n'est pas bien, mais…

Stéphane a laissé Elise ne pas terminer sa phrase et a proposé d'aller dormir. D'un sommeil sans rêves.

C'est en matinée que se déroulent les entretiens à l'hôpital. Le Croquemitaine répond aux questions avec précision. Il n'omet rien, n'escamote aucun fait, même les plus odieux. Jamais il ne cherche à paraître à son avantage, pas plus qu'il ne se soucie d'être jugé par son interlocuteur. Ce sont toujours les plus infimes détails relatés par le Croquemitaine qui interrogent les historiens et suscitent leur intérêt.

— Les détails du quotidien d'un camp de concentration, explique Philip d'un ton docte qui s'ignore, lorsqu'ils nous sont relatés avec une telle exactitude, font surgir l'humain, l'ordinaire au cœur de l'horreur. Ils n'en sont que plus insupportables, la preuve que nous parlons bien d'êtres humains, comme vous et moi, et pas de figures historiques abstraites.

— Et votre famille, pendant la guerre..., se hasarde Stéphane, osant aborder ce sujet pour la première fois.

— Mon grand-père était dans les Jeunesses hitlériennes, répond Philip après un long silence. Il a été membre du parti jusqu'à la capitulation. Après la guerre, il a repris une vie normale. Il n'en parlait jamais. Vous savez quoi, Stéphane, quand il était déjà assez vieux et que j'étais jeune étudiant en histoire, j'ai essayé de le questionner et il ne m'a pas vraiment répondu, il esquivait, mais j'ai eu l'impression qu'une partie de lui était fière de ce que l'Allemagne avait accompli à cette époque. Je ne sais pas si c'était une nostalgie, ou simplement sa jeunesse, peut-être est-ce moi qui m'invente des histoires, mais j'avais cette impression-là, très forte. La fierté d'avoir accompli et vécu quelque chose. Il y avait de la gêne chez lui, de la honte peut-être, mais de la culpabilité, non, je ne crois pas. La culpabilité était de mon côté.

Stéphane écoute sans acquiescer, ni révéler aucune de ses pensées. Sans juger quoi que ce soit non plus. C'est dans le silence qui suit que l'historien décide d'évoquer un point dont il ne savait comment parler à Stéphane.

— Nous avons eu accès à des archives secrètes de la Résistance intérieure française, dit-il. Lucien Faure avait bien créé un mouvement de résistance non homologué baptisé du nom donné à l'exécuteur des actes les plus violents du réseau : le Croquemitaine. De lui, on ne sait rien, sinon qu'il exécutait ses victimes dans les bois aux environs du village de votre grand-père. Le document que j'ai étudié précise que la Résistance s'est très vite désolidarisée des actions du Croquemitaine. Il est mentionné qu'il ne s'agissait pas d'exécutions mais d'actes de barbarie. Et que Lucien Faure, qui organisait ces opérations, ne devait pas être considéré comme un résistant mais comme un criminel de guerre. Parler de lui comme d'un résistant, conclut le rapport, ce serait insulter ceux qui ont combattu durement mais dignement le régime nazi, sans employer les mêmes armes que l'ennemi.

Philip observe longuement le visage de Stéphane toujours imperméable à la moindre réaction. Il n'y a chez lui ni effarement, ni condamnation des actes attribués à Lucien Faure, ni remise en cause d'un rapport qui salit la réputation de son trisaïeul. Le détachement apparent que l'historien attribuait jusqu'à présent à Stéphane lui apparaît alors pour ce qu'il est vraiment : la nature profonde d'un homme qui considère que juger d'autres hommes ne le rendra pas meilleur lui-même. Et surtout que les humains font parfois comme ils le peuvent avec la vie.

Avant de quitter la chambre d'hôpital, Stéphane scrute les dessins qui recouvrent les murs, promenade hallucinée dans les forêts de sa région ; désagréable sensation de relire un livre, mais en ouvrant les pages au hasard et en le tenant à l'envers. Il reconnaît dans les couleurs et la forme des arbres quelque chose qui n'appartient qu'au monde des enfants. Il se rappelle les gribouillages de ses fils dessinant ces mêmes forêts, les lignes brisées des sapins avec en leur centre les mêmes taches de couleur, lueurs d'énergie bienveillantes mais inquiétantes, gardiennes tapies dans l'ombre des bois, prêtes à tout dévorer et que seuls les enfants savent voir.

Chaque après-midi, les historiens désertent la chambre du Croquemitaine pour laisser la place à la médecine, et depuis cette semaine à des chercheurs qui travaillent pour un laboratoire pharmaceutique allemand. Un partenariat privé dont Stéphane a entendu dire qu'il permettrait à l'hôpital d'Hambourg de construire une aile supplémentaire, désengorger des chambres bondées et offrir un peu plus de confort aux malades.

Scientifiques et historiens se succèdent auprès du Croquemitaine, se réservant pour les uns son corps, pour les autres sa parole. Et lorsqu'ils se croisent, ils se regardent en chiens de faïence. Stéphane s'est souvent trouvé au centre de leurs disputes dans les couloirs, comme cette fois où une étudiante en thèse a traité les chercheurs de néonazis, arguant que le groupe pharmaceutique pour lequel ils travaillent avait racheté Temmler-Werke, le laboratoire qui fabriquait le Pervitin, la drogue du IIIe Reich à base de méthamphétamine que l'on donnait aux soldats pour lutter contre la fatigue, les exalter, et qui avait permis d'envahir si vite la Pologne.

— À nos yeux, M. Kreutschmann n'est pas un nazi, a alors rétorqué un chercheur devant Stéphane, qui sortait de la chambre au moment de l'altercation, ce n'est pas ainsi qu'il faut le voir, pas comme un assassin mais comme le seul homme à être revenu de la maladie d'Alzheimer, à avoir recouvré toutes ses capacités après vingt années dans le noir et à avoir guéri tout seul, sans aucun traitement, d'un cancer généralisé. Cet homme qui a été un meurtrier peut à présent sauver des millions de vies si nous arrivons à comprendre le processus qui est à l'œuvre dans son corps.

Déjà trois semaines qu'il est là et Stéphane ressent une lassitude, les habitudes d'un quotidien qui écrase, surtout lorsqu'il n'est pas celui que l'on souhaite. Une voiture avec chauffeur le conduit chez Elise. Stéphane descend la vitre, il veut sentir les gouttes de pluie sur son visage, fussent-elles saturées de pollution. L'homme au volant n'ose rien dire à celui dont il sait qu'il parle chaque jour avec un ancien nazi, il se contente de baisser le chauffage.

Alloué par l'université, le véhicule qui ramène Stéphane chez Elise n'est plus le même qu'au début. C'est une nouvelle Mercedes, toujours plus haut de gamme, dont l'habitacle, toujours plus aseptisé, l'isole toujours davantage de la vie des autres sans qu'il y trouve aucun apaisement. Une promotion automobile consécutive à l'octroi d'un financement exceptionnel du ministère de l'Enseignement supérieur à l'université d'Hambourg pour les travaux menés avec le Croquemitaine. En échange de sa collaboration, Stéphane touche un salaire de l'université lui permettant d'engager deux boulangers qui le remplacent pendant son absence.

Tant de choses ont changé depuis son arrivée à Hambourg et sa rencontre avec ce Croquemitaine, qui l'a choisi, lui et pas un autre, pour être son interlocuteur. On le regarde différemment, on lui parle différemment et des chiffres surgissent partout. Des numéros se répandent dans la bouche des chercheurs, sur les écrans de contrôle de l'hôpital, sa nouvelle fiche de paie, les Post-it des affaires du Croquemitaine…

La nuit dernière, les chiffres ont envahi jusqu'à ses rêves. Des numéros s'échappaient sans fin des aiguilles à tatouer des camps de concentration pour recouvrir le monde dont ils redéfinissaient les frontières toutes les secondes. Les numéros s'agitaient sans que l'on puisse savoir s'ils se contorsionnaient de douleur ou s'ils dansaient, s'ils étaient l'outil des hommes ou s'ils avaient une vie propre à eux. Dans son cauchemar, les chiffres évadés des aiguilles à tatouer allaient jusqu'à se substituer à l'univers tout entier, remplaçant chaque millimètre carré de matière par un empilement infini de numéros, et lui-même, Stéphane, n'était plus Stéphane mais une suite de numéros sans cesse renouvelée. Ses paupières, ses mains, ses yeux n'étaient plus que des chiffres. Stéphane avait suivi son rêve sans cri ni agitation, comme un condamné à mort qui ne se défendrait pas, attendant son exécution sans plus rien espérer. Il s'était réveillé nauséeux et s'était lavé les dents en se disant que les numéros avaient beau avoir été inventés par les hommes, ils étaient notre ennemi, le plus redoutable outil de domination, avant même les religions. Puis Stéphane avait craché son dentifrice, nettoyé l'évier, et le filet d'eau avait emporté sa bile.

La Mercedes s'arrête devant la maison d'Elise, où sont garés deux véhicules pourvus du même sigle en forme de viseur. Stéphane reconnaît l'automobile de Philip.

— Bonjour, Stéphane, dit Philip, permettez-moi de vous présenter Christopher Beckenbaueur.

— Bonjour, répond Stéphane. Beckenbaueur, comme le footballeur ?

— Absolument. C'est mon oncle, dit un grand gars à la chevelure d'argent, la poignée de main gonflée d'assurance et un sourire séducteur aux lèvres.

Philip retient un rire.

— Pardonnez-moi cette plaisanterie, Stéphane, non, Franz Beckenbaueur n'est pas mon oncle. Je voudrais bien, mais nos familles n'ont rien en commun.

— Christopher est l'un de nos plus grands écrivains, dit Philip.

— Un mètre quatre-vingt-douze, ironise Christopher en souriant.

— Ses romans sont tous traduits en français. Peut-être avez-vous lu *La Théorie du soldat ivre*, qui a connu un beau succès ?

— Je ne crois pas.

— L'agent de Christopher a contacté l'université car il envisage d'écrire un roman autour de M. Kreutschmann, ou plutôt M. Stolker, puisque nous sommes convenus, avec l'accord d'Elise, de lui rendre son vrai nom.

— J'avoue que j'étais opposée à l'idée d'un roman sur mon grand-père, mais M. Beckenbaueur a su trouver les mots pour me convaincre, dit Elise à Stéphane comme si elle s'excusait. Je pense que cela m'aidera à tourner cette longue et douloureuse page.

— Je souhaitais aussi vous parler, Stéphane, poursuit Christopher en le saisissant par le bras. Voyez-vous, je voudrais donner une place importante à ce moment dramatique que M. Stolker a vécu dans votre région. Je pense en faire le pivot du roman. Ce qui m'intéresse, c'est cet instant où un jeune professeur de français pacifique et idéaliste devient un assassin. Et spécialement d'enfants. Quelque chose s'est passé là-bas, et j'ai besoin de vous pour savoir quoi. Et puis cette coïncidence incroyable qui n'en est sûrement pas une, le nom que votre ancêtre a donné à ce mystérieux réseau de résistance et que Steffen Stolker a pris, ou repris, lorsqu'il est devenu ce terrible meurtrier dans les camps de concentration à la fin de la guerre. Ce sont ces liens invisibles qui me fascinent.

Stéphane, Christopher et Philip se sont assis autour de la table du salon sans s'en rendre compte, ni même qu'Elise le leur propose. Stéphane la voit s'éloigner pour aller faire du thé. Depuis la cuisine, elle les observe. Christopher Beckenbaueur parle autant avec ses mains qui compartimentent l'air qu'avec les mots. Philip acquiesce et renchérit. Stéphane écoute. Tandis que les feuilles de thé infusent, ternissant une eau frémissante, Elise regarde Stéphane. Il est à la même place qu'elle tout à l'heure. Depuis qu'elle a accordé sa confiance à l'historien et au romancier, Elise a cessé de les intéresser. Elle n'existe désormais que pour servir le thé, recueillir des sourires et des remerciements. Seul Stéphane remarque une fatigue nouvelle dans son regard.

Quelques jours plus tard, Elise a rendez-vous avec Christopher Beckenbaueur, son agent et son éditeur afin de signer le contrat d'adaptation et d'exclusivité pour un ouvrage sur la vie de son grand-père. Elise a demandé à Stéphane de l'accompagner. Le rendez-vous se déroule dans le salon privé d'un hôtel dont Christopher les informe qu'il fut un siège de la Gestapo. « Beaucoup d'hommes ont été interrogés entre ses murs, beaucoup », répète-t-il avec cette gravité qui impose le silence.

Malgré les conseils de l'agent et de l'éditeur, Elise ne veut pas faire lire le contrat par un avocat, elle ne veut pas discuter le pourcentage qui lui est alloué, accepte de fournir tous les renseignements utiles à la rédaction de l'ouvrage. Elle veut simplement signer. Et s'en aller.

Stéphane observe les sourires de l'écrivain, de l'agent et de l'éditeur devenir artificiels face au visage fermé d'Elise. Qui a paraphé et signé les trois exemplaires du contrat.

Avant qu'ils ne se quittent, Christopher a demandé à Stéphane quelle farine de blé il utilisait pour faire le pain dans sa boulangerie. Stéphane n'a témoigné d'aucun étonnement, il a répondu, citant plusieurs marques, et les yeux de l'écrivain se sont illuminés comme s'il découvrait une pépite.

Haute Corrèze. Janvier 1944

Une nouvelle peur s'élève de la forêt. Français sommaire coloré d'accent germain : « Je ne veux pas… Je veux pas… Aidez, s'il vous plaît. »

La plainte réveille Stolker, un goût de fer dans la bouche et une douleur qui cisaille ses chevilles. Un déchirement remonte dans son dos, froisse les muscles en ligne droite jusqu'à sa nuque. Son crâne lui fait l'effet d'une outre pleine à craquer dans laquelle continue de se déverser un liquide trop lourd, un sang de plomb. Ses oreilles bourdonnent et ses yeux offrent la vision d'un monde à l'envers où les troncs des arbres montent vers le sol.

« Si je souffre, c'est que je suis vivant », tente-t-il de se rassurer. Après les avoir piégés dans la combe, l'ombre avait tiré sur Stolker et Hünger. Une blessure savamment dosée pour envoyer à terre le professeur sans toutefois le tuer. Stolker avait alors ressenti une avalanche de coups de crosse avant de perdre connaissance, croyant ne jamais se réveiller. Il s'était retrouvé suspendu par les pieds, en haut d'un sapin à trente mètres du sol, visage congestionné, chevilles lacérées par la corde, poignets attachés dans le dos.

La jeune voix qui s'épuise à demander de l'aide depuis le sapin voisin ne trouve d'écho que dans les lointains, où des animaux de nuit semblent ricaner.

— Stalz ! Je suis là, à côté, dit Stolker en allemand.

— Professeur ?

— Tu es blessé ?

— Au cou. Le Juif m'a soigné.

— Le Juif ?

— Celui qu'on a découvert dans la boulangerie. Je crois qu'il va nous aider. Il a compris qu'on voulait pas… que j'étais forcé… que…

— Et Hünger ?

— Je sais pas où il est. Le Croquemitaine, dit Stalz en français, il…

— Le Croquemitaine ?

— C'est comme ça que le Juif a appelé celui qui nous a attaqués.

— Ils se connaissent…

— Je sais pas, le Juif connaît son nom. Il y a aussi…

— Chut !

La brise apporte un froissement aux oreilles de Stolker, quelque chose approche. À travers les ombres édentées des branches et leurs épines, les deux prisonniers reconnaissent la silhouette de leur ennemi traîner un corps emprisonné dans un entrelacs de chanvre. Stalz n'a pas oublié les supplices endurés par Adrian Stolker. Il sait qu'avec celui que le Juif a appelé « le Croquemitaine », sa seule chance de salut est le silence. Croupir dans le froid, ne jamais être détaché de cette branche, ne jamais être emmené dans cette cabane, oui, espère-t-il sans trop y croire mais avec une émotion qui le réchauffe, ce serait une façon convenable de mourir. Ici, en haut des arbres, loin de tout mais un peu plus proche des étoiles. Ne plus jamais retourner là-bas, les hommes, la guerre, les enfants morts. Mieux vaut pourrir ici, et qui sait, devenir un jour un arbre ou un oiseau.

Avec l'agilité d'un écureuil, le Croquemitaine grimpe le long d'un sapin. Depuis les chevilles du prisonnier, il délie une corde qu'il enroule autour des branches les plus épaisses et tire quand il arrive à la cime. Le chanvre graissé à dessein coulisse autour des branches sèches, écrasant l'écorce friable pour s'enrouler autour du bois en dessous, plus vert, plus solide et suintant de résine. Le Croquemitaine hisse le corps captif en un portage complexe dont l'aisance témoigne de la routine de l'opération.

Depuis le plus proche sapin, Stolker reconnaît dans un rayon de lune le visage cendré du SS qui glisse entre les branches, disparaît sous l'épaisse frondaison.

Une fois sa proie solidement installée, pendue par les pieds dans le vide, le Croquemitaine détaille le visage encore inconscient du prisonnier comme il contemple parfois les immensités tourmentées, cieux d'orage, forêts de pluie, blés agités par la tempête, et retrouve dans les traits de Friedrich Hünger la simplicité du chaos.

Le Croquemitaine grimpe au sapin qui retient Walther Stalz dans ses branches. La jeune recrue panique lorsque l'ombre hume sa tête renversée. Stalz sait que supplier est inutile, mais la peur est plus forte et il se maudit de fermer les yeux, de s'entendre geindre, d'en appeler à une pitié à laquelle le Croquemitaine est étranger.

Stalz rouvre les yeux, découvre un visage sans âge, ni cicatrices ni rides, au centre duquel luit un regard pâle, dépourvu de haine. La surprise de ne pas être face au monstre attendu donne un élan au jeune homme, qui bafouille en français :

— Je m'appelle Walther Stalz, j'ai 16 ans et je vis à Hambourg. Je travaille dans une boulangerie et j'aime la France, répète-t-il en boucle, j'aime la France et je veux tuer personne, personne…

L'œil du Croquemitaine explore chaque centimètre du visage de Stalz, établissant une photographie mentale de son nez, ses yeux, sa bouche, ses joues, ses oreilles, examinant chaque grain de beauté, les fendilles des lèvres, l'implantation des cils sous les papilles lacrymales et la pigmentation d'une peau constellée de taches de rousseur. Étourdi par l'afflux sanguin dans son cerveau, Stalz perd régulièrement connaissance. Le Croquemitaine redescend, il a un dernier prisonnier à visiter.

Visages tête-bêche, la tête de l'un renversée face à celle de l'autre, le prisonnier examine aussi son ravisseur, avec la même soif de détails. Les yeux qui se toisent partagent un même bleu ancien. Le temps s'écoule sans s'écrouler, jusqu'à ce que l'autre ne soit plus une frontière infranchissable.

Alors Stolker parle. Il dit qu'il n'est pas un membre du parti, comme s'il lui importait que même le Croquemitaine, fût-il un monstre, sache qu'il n'est pas un militaire mais un civil. Un qui vit sans ordres et s'habille sans uniforme. Un jeune professeur de français qui n'a eu le temps d'enseigner que quelques mois avant d'être mobilisé. Qu'il a un enfant. Une femme aussi. Il le souffle, pas pour apitoyer, mais pour dire à voix haute ce qui compte et ce que l'on ne peut lui enlever. Personne, pas même un SS ou un Croquemitaine.

— Parle, parle encore.

Le Croquemitaine réclame à son prisonnier un peu d'humanité perdue il y a si longtemps, alors qu'il avait fui son village, emportant même pas la moitié d'un frère et le fusil de leur grand-père.

— Raconte...

Stolker attend que la brise lui dessine une page blanche, entraînant ses paroles le plus loin, le plus haut. Il guette cet instant où le silence devient écho. Nulle impatience chez le Croquemitaine, mais une étrange émotion à attendre et à espérer, comme s'il n'était plus face à Stolker mais avec lui.

— Ma mère, dit Stolker, vivait au pied d'une des plus vieilles montagnes du monde, sur un plateau où les éperons rocheux et les lacs racontaient aux hommes les récits des temps anciens.

Stolker parle dans un vide. Ses lèvres congestionnées par l'afflux sanguin semblent avoir doublé de volume et libèrent les mots avec difficulté. Pas une fois pourtant Stolker n'écorche la moindre syllabe. Il s'en fait la promesse. Un devoir. C'est peut-être – sûrement – la dernière fois qu'il parle français. La dernière fois qu'il parle. Stolker raconte le pays de sa mère, les montagnes de Bavière, dont on disait qu'elles étaient l'enfant des dernières glaciations, un souvenir du quaternaire.

— Ce mot faisait rêver ma mère : le quaternaire. Pour elle, son pays s'arrêtait aussi loin qu'elle voyait. C'était un pays voyageur qui n'avait de frontière que celle de ses yeux. Avec les années, son pays grandirait avec elle car la petite fille monterait toujours plus haut, verrait toujours plus loin et un jour quelqu'un viendrait, un étranger.

Stolker fait des pauses, reprend son souffle, ravale le sang qui encombre sa bouche. Il y a de longues plages de silence que ne hâte pas le Croquemitaine. Il attend, et la forêt avec ses brumes et sa nuit devient l'écran où sont projetées les images du récit. Il y voit la mère de Stolker cueillir des fleurs sous l'œil des montagnes en rêvant à cet inconnu qui serait gentil, il la protégerait et elle ferait de même.

Du haut de leurs sapins, le chasseur de la Forêt-Noire et l'apprenti boulanger écoutent eux aussi l'histoire du professeur. Les paroles en français, que Stalz comprend en partie et Hünger pas du tout, parviennent à apaiser quelques douleurs. Les visages, traversés de vertiges d'être ainsi renversés à trente mètres du sol, deviennent un instant des paysages oscillant entre pluie, soleil, neige. Un seul écoute sans se départir de son masque gris. Samuel.

— Au siècle dernier, un arrière-grand-oncle de ma mère, Maximillian, avait quitté les montagnes pour partir travailler à Nuremberg, où il avait fini par rester, et une branche de la famille avait poussé au cœur de la ville. Ils écrivaient, une fois l'an, à Noël. Le mois de novembre 1849, une enveloppe était arrivée un peu en avance. Avec un petit carré noir et blanc marqué du numéro 1 : « Gardez bien l'enveloppe avec son carré noir et blanc, disait la lettre. Il s'agit d'un timbre, le premier de Bavière et de tous les États germaniques. Grâce à lui, les mots vont voyager, franchir les cols de montagne sans se perdre en route. Quand ils le voudront, les gens pourront désormais tout s'apprendre de vallon en vallon, de pays en pays. On saura ce qu'il se passe ailleurs et eux connaîtront nos vies. Quand les gens se racontent, ils n'ont plus l'idée de se battre. Ces petits bouts de papier annoncent de grands changements. »

Stolker explique que toute leur vie les parents de Maximillian avaient gardé le timbre, ainsi que ceux qui avaient suivi, inventant sans le savoir la première collection de timbres de Germanie.

Le Croquemitaine écoute, mais sans sourire à ces petits papiers magiques recouverts de numéros, car il ne croit pas à leur pouvoir. Il ne croit qu'à la guerre et à l'inversion maléfique qu'elle opère sur toute chose. En 1870 puis en 1914, conclut Stolker, les descendants du grand-oncle Maximillian avaient découvert combien leur ancêtre s'était trompé. Les timbres n'étaient pas des émissaires de paix mais, au contraire, ils avaient précipité les guerres.

— C'est ainsi que ma mère s'est vu offrir la collection dont plus personne ne voulait.

La voix du professeur pâlit mais il continue, et le Croquemitaine imagine la mère de Stolker cueillir l'ail des montagnes exactement comme le raconte son fils, le glisser entre les mèches de ses longs cheveux, et en échange d'un timbre de plus pour sa collection, elle offre une fleur au vieux berger qui délivre le courrier.

Sur l'écran que dresse la forêt, le Croquemitaine voit ensuite grandir la mère de Stolker. Elle a maintenant plus de 20 ans. Un point dans le lointain qu'elle n'a jamais remarqué se détache au centre de la longue plaine du Nord. Ce n'est pas un accroc à l'horizon, mais une harmonie nouvelle, un lien entre deux versants séparés. Un équilibre inédit dans le paysage qui se transforme lentement en une silhouette. Un cheval et un homme, vêtu d'un costume vert et neuf. Une casquette assortie, des sacoches remplies de lettres et de timbres. En arrivant sur la place du village, l'homme fait sonner le cor postal. Il s'appelle Alexander Stolker, il rentre de la guerre, et c'est maintenant lui qui distribuera le courrier, car la société de poste a pris la décision de ne plus avoir recours à des bergers. Ce sera désormais à lui que la mère de Stolker tendra les fleurs violettes glissées dans ses cheveux blonds en échange de timbres usagés.

Lorsqu'elle lui offre une fleur, il pleure et lui raconte la seule chose qu'il n'a pas oubliée des tranchées : les rares fleurs qui y poussaient et qu'il cueillait pour en tapisser l'intérieur de son casque. Le Croquemitaine écoute l'histoire jusqu'à entendre battre son cœur en lui-même. À cet instant, il n'est plus un Croquemitaine mais un enfant qui parle à son père en murmurant au fond d'un trou creusé dans la terre. Les paroles de Stolker sont de plus en plus faibles et espacées, elles s'accrochent au vent auquel se mêle le souffle du professeur.

— La première fois qu'elle embrasse mon père, ma mère met la main dans ses cheveux, elle touche une cicatrice au dos du crâne. Un éclat d'obus qui fera partie de lui maintenant, a dit le chirurgien qui l'a opéré après qu'on l'a retrouvé sur un champ de bataille du nord de la France. Dans la Somme. Son corps entièrement nu. Laissé pour mort. Un vide à la place de la mémoire, il avait tout perdu, jusqu'à la parole. On lui a dit qu'il s'appelait Alexander Stolker, qu'il était orphelin. Que la nation lui offrirait un travail à la fin de la guerre. Avant cela, il devait réapprendre à parler, à marcher, à vivre.

L'étranger qu'attendait la mère de Stolker est là, sur l'écran de nuit où le Croquemitaine projette les paroles du professeur, et où lui apparaissent le visage et les yeux de son propre père. Les mots sont devenus images, celles d'un champ sans tranchées, sans fusils, sans obus, sans soldats, un champ avec juste un homme et une femme.

Le père et la mère de Stolker sont leur père et leur mère à tous. À Hünger, à Stalz, au Croquemitaine, à tous ceux qui ont un jour eu des parents.

— Ma mère ne guettera plus les lointains, termine Stolker, son pays sera en elle et son ventre une fleur. Je suis sa première fleur.

Le Croquemitaine reste perché sur sa branche à la manière d'un oiseau privé d'envol, fixant celui dont la voix le captive. S'il ne parle plus avec personne depuis longtemps, le Croquemitaine converse jour et nuit avec ceux qui peuplent sa mémoire. À l'intérieur de sa tête, il orchestre un monde bavard, et toutes ces années il est parvenu à se satisfaire de la solitude, trouvant des subterfuges pour vivre seul sans rien perdre ni abandonner de ce qui fonde un homme. Même l'amour, il est parvenu à se l'inventer. Une seule chose aura résisté à ses tentatives : se raconter à lui-même une histoire qu'il ne connaît pas. Voilà à quoi servent les autres, s'était-il dit. À raconter des histoires.

Depuis que Lucien Faure oriente les Allemands vers des bois sans retour, le Croquemitaine entend de nouveau des voix humaines, mais elles parlent une langue impossible et pas un n'a su lui raconter la moindre histoire. Y compris les collabos que son grand-père abandonne en bordure de la forêt. Ceux-là parlent beaucoup, mais rien de ce qu'ils disent ne vaut la peine d'être entendu. Le

Croquemitaine les déshabille entièrement, bourre leurs bouches de terre et de pierres, les bâillonne et les suspend en haut d'un sapin, laissant le temps et la faim faire leur œuvre.

Lorsqu'il a commencé à hisser ses victimes à la cime des arbres, le Croquemitaine pensait voir rappliquer tous les oiseaux de la région afin de se nourrir de leurs entrailles. Il s'est posté, a guetté, mais pas un n'est venu. Aucun ne voulait de ces charognes-là, et le ciel s'est vidé de leurs sons comme de leurs trajectoires.

Le Croquemitaine redescend de l'arbre sans Stolker. Le professeur a su dire une histoire vraie, peuplée de gens qui avaient un soleil dans le cœur, son ravisseur a entendu respirer les mots et, pour un temps, son cœur n'a plus été de glace.

Le Croquemitaine s'arrête au pied de l'arbre de Walther Stalz, il fixe les veines tavelées du sapin, sort deux lames, entreprend d'équarrir le tronc. Le cri du bois remonte jusqu'au jeune prisonnier. Stalz comprend, panique, suffoque. Hurle. Ne lui répond que le raclement régulier du métal s'attaquant à l'écorce comme si l'on mettait un os à nu. Stalz appelle son professeur. Qui ne répond qu'avec des mots inutiles. Stalz n'en a rien à foutre, des phrases, des mots encore et encore et qui ne valent rien contre les lames qui entament l'arbre.

— Tu avais promis, tu avais promis que je vivrais, tu as menti, menti ! Tu es comme tous les autres, professeur, un assassin !

SAMUEL CREUSE À MAINS NUES sans craindre la terre gelée, comme si plus aucune information ne pouvait être transmise à son cerveau. Sur son front, le mot *emet*. « Vérité ». La marque du golem semble inscrite pour toujours.

Il déterre l'une des mitraillettes MP 40 là où les a enterrées le Croquemitaine. Puis retourne aux arbres des pendus, s'assied contre un sapin, juste derrière le Croquemitaine qu'il regarde brutaliser le tronc de ses lames sans plus savoir ce qui est vrai, ce qui ne l'est pas. Tous ces bourreaux et ces victimes, mi-victimes, mi-bourreaux, existent-ils vraiment ? Il doute de tout et pourtant tout lui semble possible. Le seul impossible est ce qui est arrivé dans ce champ en bordure du village où l'on a emmené les siens.

Le Croquemitaine a vu l'arme de Samuel et n'en éprouve aucune inquiétude. Quand le tronc est à nu sur toute la hauteur d'un homme, le Croquemitaine fait coulisser le chanvre et descendre Stalz.

Un vent s'est levé, soulevant les branches à travers lesquelles Samuel voit s'éloigner le Croquemitaine et sa proie, traînée par la corde qui enserre ses pieds. La tête à l'envers, l'arrière du crâne raclant le sol, le jeune Walther Stalz voit Samuel qui les suit. La proie ne pleure plus, ne geint plus, mais récite le verbe « être ». En français.

— Je suis, tu es, il, elle est, nous sommes, vous êtes, ils, elles sont…

Quand il a fini, Stalz recommence.

— Je suis, tu es…

Les lèvres de Samuel se meuvent, lui aussi récite le verbe « être ». Pas une leçon de conjugaison, davantage une prière. Plus il psalmodie, plus il se rapproche, mitraillette en main, il n'a qu'à lever le canon, presser la détente dans le dos du Croquemitaine avant qu'il n'atteigne la cabane. Tuer un monstre et sauver un gosse perdu. Même si ce gosse-là a, par lâcheté, précipité sa famille dans le néant. Cela donnerait-il un sens à l'impossible ?

— Je suis, tu es, il, elle est, nous sommes…

Samuel quitte la cuirasse de l'obscur et approche de la cabane. Il se tient sur le seuil de la porte, il n'entre pas encore. Ce n'est pas par prudence, car il a la certitude de l'absence de danger. Pour lui.

Le Croquemitaine a emmené sa victime sous le plancher et ses lames espacées entre lesquelles on devine des mouvements. Hurlements de jeune homme, déchirements des chairs s'élèvent tandis que Samuel détaille lentement la pièce, une cabane de chasseur comme beaucoup. Les images entrent par un œil, ressortent par l'autre. Seul un vieux couteau de cuisine un peu émoussé semble lui dire quelque chose sans qu'il sache exactement quoi. Il reconnaît la marque, celle d'un artisan coutelier de la région. Il y a son nom gravé dessus, M. Morand. C'était avant les usines et leurs objets manufacturés qui ont envahi les maisons entre les deux guerres. De M. Morand, on disait qu'il fabriquait de bons couteaux, les parents de Samuel en avaient un dans leur cuisine. Quand même, ça faisait quelque chose, avant, de savoir qui avait fabriqué les outils qu'on utilisait. Ça rendait les objets plus précieux de connaître les visages, les voix et les noms des gens, se souvient Samuel en reposant le couteau. Ses deux fillettes et sa femme, ses parents, se dit-il alors, ils avaient un nom eux aussi.

Prostré sur un lit de fortune dans un coin de la cabane, un autre homme, un autre nom, Lucien Faure. Le corps allongé sur le dos pareil à celui d'un gisant dans une église, les mains rassemblées en croix sur son cœur. Nulle paix en lui. Il n'ignore rien de ce qui se passe sous un plancher trop mince pour dissimuler quoi que ce soit.

L'attaque cérébrale qui l'a privé de son corps dans le camion allemand semble desserrer son étreinte, mais si lentement qu'il ne sait si ce sera à temps pour éviter l'écrasante et inéluctable victoire du pire. Quand le Croquemitaine est revenu avec un prisonnier, Lucien a observé les silhouettes grandir dans le coin de son œil. La vision de la jeune recrue promise à une longue destruction a été un soulagement pour lui.

Samuel le regarde, comme si le vieux maire appartenait à une autre espèce que la sienne. Ou plutôt comme si lui-même n'appartenait à aucune espèce. Il ne comprend pas que dans ce monde-là quelqu'un puisse encore vouloir quoi que ce soit. Espérer quoi que ce soit. Les cris enterrés dans le sol se sont feutrés, comme si la souffrance était, elle aussi, à bout de souffle. Samuel glisse un œil à travers les lames du plancher et regarde le Croquemitaine séparer la chair de la chair.

À la place des yeux de Walther Stalz, le Croquemitaine a enfoncé deux pierres ramassées au creux d'une rivière où il a lavé ses mains, ses bras, son corps tout entier recouvert de sang. À la place du visage, il a sculpté un précipice. Ce qu'il reste du jeune homme repose à présent au pied de l'arbre écorché.

Le Croquemitaine arrime les cordes pour le portage du cadavre jusqu'à la cime. Il est apaisé, comme affranchi de lui-même tant l'autre corps l'a absorbé. Toute tension l'a quitté, et dans sa tête il parle au frère perdu, cette vie perdue, leur vie perdue. Il l'imagine revenir de la guerre des tranchées avec une bouche, sur deux jambes et avec des bras solides, leur père aussi rentrer vivant, leur mère sans couteau de cuisine dans le ventre. Il imagine et il voit sur les visages de sa famille un archipel de sourires que la guerre a dérobés, il s'invente des souvenirs sans incendie. Il imagine ses parents devenir grands-parents et Papi Lucien espérer vivre encore un peu pour apprendre à tirer au fusil de chasse aux enfants de celui qui n'est pas le Croquemitaine, pas dans cette existence-là. Le visage du Croquemitaine s'anime à ces vies inventées, et la seule déflagration alors est un rire d'enfant montant jusqu'aux cimes des sapins où sont pendus Stolker et Hünger.

Ce n'est plus la voix du Croquemitaine qui parle au fond d'un trou mais le murmure d'un petit garçon.

— Tu te souviens comme maman disait toujours qu'on avait les mêmes yeux, seulement toi et moi dans la famille. Bleu ancien, elle aimait bien le dire, le répéter, elle trouvait que c'était chic, que ça donnait encore plus de valeur à notre regard. J'ai rencontré quelqu'un, lui aussi a les mêmes yeux. Il m'a raconté une histoire et… tu sais, papa, je crois que je me suis fait un ami.

Hambourg. Décembre 2020

Sans dévoiler les raisons pour lesquelles il ne souhaite parler qu'à Stéphane Faure, le Croquemitaine s'enquiert fréquemment de la vie de ce village de haute Corrèze où son unité avait perpétré un énième massacre. Et il revient toujours à Lucien et à ses descendants, dont il attend que Stéphane lui parle longuement, traçant des arbres généalogiques complexes dont jamais le vieil homme ne se lasse. Tout ce qui a trait au village l'intéresse, mais pas une seule fois il n'a consenti à aborder ce qui s'est passé en haute Corrèze en janvier 1944.

Après deux mois d'entretiens quotidiens avec le Croquemitaine, la source commence à se tarir. L'équipe de Philip Brühl a enregistré des dizaines d'heures consacrées aux derniers mois, aux dernières semaines de plusieurs camps, juste avant leur libération : les marches forcées de camp en camp dites « marches de la mort », les destructions de bâtiments, la panique qui secouait la machine nazie, confrontée à l'inéluctable découverte de la Solution finale par le reste du monde et la course perdue d'avance pour faire disparaître des preuves parfois dérisoires, comme de petits bouts de papier où apparaissaient des noms et des chiffres, quand des constructions de plusieurs centaines de mètres affichent leurs cheminées impossibles. Sur tous ces thèmes, les historiens de l'université d'Hambourg affichaient, eux, des résultats jugés remarquables de précision et de richesse, et le doyen de la faculté s'est exprimé sur une chaîne de télévision nationale, qualifiant les révélations d'historiques. On a aussi fait des photos avec des élus corréziens et hambourgeois, des gros plans de mains serrées, et des journalistes paresseux, peu avares en adjectifs, s'y sont donné à cœur joie dans les superlatifs.

Dans les couloirs saumon du département Alzheimer de l'hôpital d'Hambourg, l'enthousiasme des débuts a laissé la place à une fatigue généralisée. Les historiens qui se relaient auprès du Croquemitaine paraissent aussi accablés, voire hagards, que les malades collés aux murs. Les forces qui les désertent semblent nourrir le Croquemitaine, qui retrouve chaque jour un peu plus de vitalité. Puisqu'il ne présente plus ni aucun symptôme d'Alzheimer ni la moindre tumeur cancéreuse, la direction de l'hôpital a un temps envisagé de le déplacer dans une autre chambre. Un autre service. Historiens et scientifiques ont alors tiré un trait sur leurs différends pour faire cause commune et obtenir que rien ne change. Tous craignaient le bouleversement d'un équilibre parfait.

Le roman de Christopher Beckenbaueur a avancé et l'écrivain a invité à dîner, tour à tour, Elise et Stéphane pour les bombarder de questions, les mitrailler de théories.

— Au-delà de la transformation d'un pacifiste en tortionnaire, ce qui m'intéresse à travers ce destin, explique-t-il à Stéphane à la table d'un grand restaurant hambourgeois, c'est de montrer la survivance de l'argent sur la politique. La politique ne survit pas aux guerres, Stéphane, pas vraiment, du moins pas pour les perdants. L'argent, si ! Et même chez les vaincus. La guerre est la sœur du capital. Huit décennies plus tard, nous en sommes toujours ses victimes. Vous le premier, Stéphane, vous le premier ! C'est pour cela que je m'intéresse aux farines que vous utilisez aujourd'hui dans votre four à pain. Savez-vous que l'une des marques qui a votre préférence provient d'un blé vendu par une société qui appartient au groupe Bayer ? Groupe qui jusque dans les années 1950 faisait partie d'IG Farben, un conglomérat d'industries chimiques allemandes qui fabriquait le Zyklon B, un pesticide qu'ils ont ensuite produit en masse pour l'utiliser dans les chambres à gaz. Vous rendez-vous compte que le blé que vous employez est lié à la Solution finale ? Ce sont ces liens qui me passionnent, Stéphane, ce lien invisible entre votre four à pain et les chambres à gaz des camps d'extermination. Je pense écrire plusieurs pages là-dessus, sur ces liens invisibles.

Stéphane acquiesce, il vide un verre de grand cru bordelais et s'excuse, quittant la table. Il est fatigué.

En rentrant chez Elise, il la trouve agenouillée dans son salon, affairée à classer les dessins du Croquemitaine, ceux-là mêmes qui recouvraient les murs de la chambre d'hôpital. Les traits tirés qui barrent son visage ne sont pas uniquement ceux d'un surmenage ou d'un épuisement passager, ils semblent désormais inscrits en elle. « Ils sont elle », se dit Stéphane.

— J'ai été contactée par une galerie d'art qui veut faire une exposition. Nous avons décroché les dessins cet après-midi.

Stéphane n'exprime rien, il regarde les dessins rangés par piles, la forêt de son enfance, croquée petit bout par petit bout.

— Le directeur de la galerie pense que nous ferons beaucoup de ventes. Le bénéfice ira à des associations juives qui œuvrent pour la mémoire de la Shoah.

— Il est temps que je rentre chez moi, ma famille me manque, marmonne-t-il en regardant une série de dessins différents des autres.

Des coins de forêt au fusain d'un réalisme impressionnant.

— Je comprends, dit Elise.

— C'est aussi lui qui a fait ces dessins ?

— Les noir et blanc, au fusain, oui. Il y a une vingtaine d'années.

Stéphane examine une trentaine de planches. Malgré le gras du fusain, le trait est précis. Il y a dans les paysages de clairières, haies, champs de fougères ou ravins une prodigieuse richesse de détails, comme si chaque lieu dessiné était le résultat de dizaines d'heures d'observation minutieuse.

— On dirait des photos, note Stéphane, des photos de lieux qui existent vraiment, pas quelque chose qui sortirait de son imagination.

— Ce sont les seuls qui n'intéressent pas le directeur de la galerie. Si vous les voulez, je serais heureuse de vous les offrir.

Stéphane ne prend pas la peine de décliner. Il quitte le salon, s'isole dans la cuisine et téléphone à sa femme.

— Tu dormais ?

— À ton avis ?

— Tu sais, les malles au grenier. Il y en a une avec les affaires de mon arrière-arrière-grand-père, Lucien. Tu pourrais aller voir dedans ?

— J'irai demain, je suis au lit, là, Stéphane, les enfants aussi. Qu'est-ce que tu veux que je trouve dans cette malle ? Tu reviens quand ?

— Des dessins. Des dessins de nature, de forêt… Tu pourras les photographier et me les envoyer ?

— D'accord. Tu es avec la séduisante Mme Kreutschmann ?

— Oui.

— Sois sage, d'accord ?

— Oui.

Lorsqu'il revient dans le salon, Elise l'attend au milieu de la pièce. Elle se tient droite, face à lui. Elle dégrafe son chemisier. Elle enlève son soutien-gorge et donne à voir un sein affaissé. L'autre manque, n'en reste que la cicatrice d'une ablation. Stéphane la prend dans ses bras, ils s'allongent sur le canapé. Juste être l'un contre l'autre. Prendre et donner un peu de force. Stéphane caresse ses cheveux. Des cheveux, il ne l'avait pas vu, qui n'en sont pas. Elise enlève sa perruque, découvrant son crâne. Elle murmure :

— Je veux que tu me voies comme je suis, j'en ai besoin. J'ai besoin que quelqu'un me voie comme je suis, et pas uniquement les docteurs. On me dit qu'il va falloir enlever l'autre sein, je n'en ai parlé à personne. Et lui… lui qui guérit…

Elise n'a pas envie de prononcer le nom de son grand-père, ni de pleurer, seulement de vivre, encore un peu, et elle s'endort comme une enfant dans les bras de Stéphane.

Les heures passent sans que Stéphane bouge, il pense à sa femme, à ses fils et aussi à son four à pain, celui qui nourrit encore la famille, paie l'école des enfants. Et paiera, un jour, sa maison de retraite à lui.

Ce four où l'on a caché des Juifs, Stéphane en entend parler depuis son enfance, et maintenant c'est à lui d'en raconter l'histoire. Il n'a rien vécu de tout cela, mais peu de choses sont à ses yeux plus réelles que les quelques familles qui ont été sauvées grâce à la pièce secrète.

Haute Corrèze. Janvier 1944

Après avoir hissé la dépouille de Stalz en haut du sapin, le Croquemitaine revient à sa cabane en cueillant quelques champignons de souche.

Il ajoute un peu de bois dans l'âtre de la cheminée pour que son grand-père immobile ne prenne pas froid. Il lui masse les orteils et découvre qu'ils ont retrouvé une mobilité. Son grand-père ne vient jamais jusqu'ici. Ils ne se voient que de loin et rarement. Leur relation, toutes ces années, se résume à une main agitée de l'autre côté de l'horizon en signe de salut. Elle compte tellement, cette main tendue. À chaque fois, une chaleur inonde les veines du Croquemitaine, ou de l'enfant qu'il n'est plus.

Il fait cuire les champignons dans le feu de cheminée, il voit les lèvres de Lucien qui s'agitent, toujours sans aucun son. Lui aussi, le petit-fils, voudrait parler, mais les mots restent enfermés dans son cœur. Au fond de lui, il y a une gêne à savoir que son grand-père sait ce qu'il fait à ses victimes. Alors le Croquemitaine reste muet.

Les champignons ont sué un liquide qu'il fait boire au vieil homme, dont la tête tout entière parvient à présent à bouger, une tête qui dit « non, non, non », et qui ne s'arrête pas de dire « non », et qui s'énerve, avec des yeux de soleil couchant cernés de brumes opaques, comme si là aussi c'était la tempête, pour quelque chose que le corps verrouillé de Lucien Faure l'empêche d'exprimer. Le Croquemitaine insiste avec son jus de champignons, il voudrait lui dire que cela l'aidera à se rétablir. Au fond de ces bois, la seule chose à laquelle parviennent le grand-père et son petit-fils est d'être une famille qui ne se comprend pas, une de plus.

Le Croquemitaine retourne sous la terre. Il suit les mouches, les racines fuyantes et vrombissantes l'escortent dans le dédale souterrain où il retrouve le squelette de son frère, les os qu'il cajole et alimente avec la chair des ennemis.

Ensuite, et comme à chaque fois, le Croquemitaine passe une partie de la journée à nettoyer la salle souterraine. Il éponge le sang, lave les outils. Il enterre les uniformes des soldats ou les costumes des collabos. Jamais ensemble, jamais dans le même trou. Il lui semble qu'ainsi la terre est mieux rangée, dessous et même dessus car, il s'en est persuadé, ce ne sont pas les mêmes fleurs ou champignons qui poussent selon qui pourrit, et le sol se trouve modifié de ce que l'on y enterre.

Quelle que soit la saison, le Croquemitaine se défait des étoffes qui le recouvrent et couche son corps nu dans le lit d'un petit torrent où la froidure de l'eau saisit son épiderme de gerçures, lui donnant des allures de truite cendrée. Immergés sous la surface, ses yeux s'ouvrent en grand sur un ciel tapissé de sapins ardents que voile la fine eau vive s'écoulant sur sa pupille, il retient sa respiration, il écoute le chant d'un monde. Ses muscles se relâchent, son cœur se desserre. Allongé sur le dos, il sent les pierres moussues de vase glisser entre ses épaules, ses cuisses, ses fesses. Et de là grandir des frissons comme de lentes libérations d'énergie, eau, terre et pierres réunies.

Sur la photo, il y a des yeux en noir et blanc que l'on devine d'une singulière clarté. Un bleu ancien ? Il y a une famille qui n'est pas la même selon qui la regarde et l'endroit où elle se trouve. Dans la poche de Steffen Stolker, la photo était un bouclier. Dans le regard de Lucien Faure, c'est une attaque cérébrale. Mais abandonnée sur un sol semé d'aiguilles au pied du sapin où est pendu Stolker, c'est un vieux papier froissé.

Une main grise ramasse la photo. Que sera-t-elle, cette famille, pour celui qui a déserté de lui-même et entreprend de grimper jusqu'à Stolker ?

Samuel entrouvre les paupières closes du professeur, le bleu ancien y apparaît faiblement. Samuel ne cherche pas à savoir si Stolker est vivant ou non. Avoir relevé ses paupières est déjà un geste de trop. Plus que ce qu'il s'est fixé. Il sait, il sent, arrivera un moment où il faudra agir.

Samuel conserve la photo, mais il referme bien la poche de la veste de Stolker. Que plus aucune ne tombe. Puis il descend du sapin avant le retour du Croquemitaine.

La tempête qui approche s'annonce brutale. Une houle étourdit la forêt sans que l'on sache si les sapins enlacés s'embrassent ou s'affrontent. Les lames du Croquemitaine attaquent l'écorce du sapin de sa prochaine victime, projetant des éclats dans des yeux pâles qui ne servent qu'à pleurer.

Ceux de Samuel sont secs.

ALLONGÉ SUR UN MATELAS fait de pelotes de laine cousues l'une à l'autre par son petit-fils, Lucien Faure voit tout, entend tout. Sa place, proche de l'âtre, est celle d'un observateur omniscient, incapable de bouger ni de parler, impuissant à interrompre la farce, condamné à voir ses petits-enfants s'entre-dévorer.

Toute la journée, il a exhorté son corps à lui obéir. Le corps a été le plus fort. Il est demeuré immobile, sourd à sa volonté. Lucien s'est emporté, maudissant tous ces Allemands et aussi leurs penseurs, dont il a lu quelques livres ou des citations. Non, vouloir n'était pas pouvoir, et c'était bien pour cela que ces Germains qui décidément avaient tout de cousins maudits avaient perdu la guerre de 1914 et perdraient aussi celle-là ! « Vouloir n'est pas pouvoir ! » se répétait Lucien, comme le constat d'une vie qui elle aussi était son ennemie.

Le corps ne répondait plus, l'esprit s'ébranlait, mélangeait tout, vacillant de concert avec la tombée du jour, et Lucien avait fini par s'endormir.

L'ouverture de la porte réveille le vieux Lucien et il agite un œil fou, cherchant à reconnaître un visage, un regard que lui amène la nuit.

Son oreille identifie la respiration du Croquemitaine qui traîne un corps sur le plancher, ferme la porte à la tempête puis approche de la cheminée, où s'étiolent des braises qu'il étale calmement sur la cendre. Lucien perçoit la main de son petit-fils saisissant du bois, le déposant sur le tapis de poussière et ses quelques joyaux vermillon. La tempête hurle dans le conduit de la cheminée, le vent qui s'y engouffre embrase un bois sec qui crépite. Une lumière d'ambre ravit à l'obscurité la face du prisonnier étendu au sol. Inerte, yeux grands ouverts sans que l'on sache s'il est des vivants ou des morts.

La vue fatiguée de Lucien Faure fait le net sur le bleu ancien.

Le grand-père s'ébroue, cherche loin en lui, racle sa gorge mais pas un mot n'en sort, plutôt le cri d'un ragondin blessé. Lucien sait ce que le Croquemitaine fait aux victimes qu'il emmène ici et il considère qu'il y a là une forme de justice, même s'il ne croit pas en ce mot.

« Mais pas lui ! Pas lui ! » voudrait-il hurler. Pas Steffen Stolker ! Un frère ne fait pas ces choses-là à son frère !

Les extrémités de chacun de ses membres sont parcourues de tremblements ajoutant une confusion à ce qu'il tente de dire. Au prix d'efforts qui lui coûtent le peu de vie qu'il abrite encore, Lucien Faure retourne son poignet contre lui-même, l'index tendu vers son cœur.

Le Croquemitaine s'agenouille à son chevet, reproduisant la position de la Vierge Marie devant le Christ descendu de la Croix dans un tableau qu'il voyait enfant chaque fois qu'il allait à l'église. Il se disait alors que l'on se tient ainsi lorsqu'une personne de sa famille meurt. L'enfant espérait secrètement, avec une pointe de culpabilité, qu'il pourrait un jour vivre cela. Et il serait grand. Mais rien de grand face à un vieillard vaincu. Rejouer la scène du tableau avec son grand-père ne veut plus rien dire. Le Croquemitaine échoue à convoquer les larmes dessinées sur la figure de Marie. Les larmes du tableau se cantonnent au visage de celui qui meurt.

Derrière la fenêtre et sa vitre recouverte de graisse de renard se tiennent une silhouette et sa mitraillette. Samuel regarde Lucien Faure mourir. L'index du maire écrasé sur la poitrine se retourne vers le corps de Stolker, le désignant, lui et pas un autre, le choisissant, lui et pas un autre, comme la dernière image d'une vie. Samuel voit les yeux de Lucien Faure se figer dans le regard bleu ancien du caporal.

Le Croquemitaine replie sur la poitrine de Lucien des bras déjà raides, et il ouvre la trappe dans le plancher, y traîne le corps de Stolker puis disparaît.

La tempête échauffe ses muscles, retient son souffle, chahute Hünger tandis qu'il redouble d'efforts pour s'extraire des liens emprisonnant ses poignets. Il s'écharpe à trop insister, retrousse sa peau, la main comme un gant de chair retourné. Hünger tire jusqu'à presque dénuder l'os du poignet pour arriver à passer le nœud de corde. Aucun son ne franchit le seuil de sa gorge. Les pilules blanches du SS ont enfermé la souffrance à l'intérieur de lui.

Hünger rompt une dernière fibre de chanvre et tout son corps se raidit. Ses mains sont enfin libres, seules ses chevilles restent entravées.

Suspendu par les pieds, il se redresse à la seule force de ses muscles abdominaux qui se déchirent sous l'effort, sa main décharnée se tend vers une branche située au-dessus de sa taille. Trop loin. Trop tôt. Le corps se relâche, s'évanouit dans le vide, fouetté d'un soubresaut lorsque la corde le rattrape dans sa chute. Il n'est pas parvenu au nœud qui entaille ses chevilles. Qu'importe, avec ses mains libres Hünger n'est plus une proie, il redevient chasseur.

Il ouvre un autre tube de Pervitin, savoure sa drogue, et ses mains, et ses bras retrouvés. Le voilà tel qu'il s'aime, tel qu'il est. Le chasseur a renversé l'ordre des choses.

Samuel entre dans la cabane, il dépose la mitraillette sur une table et s'approche de Lucien. Jusque dans la mort, le vieil homme semble vouloir parler, comme s'il refusait d'emporter un secret dans la tombe. La main de Lucien tremble sans que Samuel sache si la volonté du maire transpire par-delà la mort ou si c'est un pur résidu d'influx nerveux, comme ces canards qui continuent de courir la tête tranchée. Samuel voit à nouveau le doigt se déplier. Pointer le cœur. Le père qui s'était caché dans le four à pain glisse la main dans la poche poitrine du vieil homme, il en sort une photo de famille là aussi. Avec dessus l'homme déjà vu sur celle de Stolker. Cette photo que Lucien avait montrée aux soldats des tranchées de la Somme où il était allé chercher son fils.

Samuel l'approche de Lucien, à quelques centimètres des yeux de celui dont personne encore n'a clos les paupières. Il se dit qu'il lui doit bien ça, à Lucien, dont l'œil figé rejoint celui d'un autre père sur la photo. Et qu'importe que ce soit une famille allemande, c'est bien un même regard. Qu'importe comment les choses arrivent puisqu'elles arrivent. Comme les fleurs sur les champs de bataille.

En bas, le Croquemitaine procède avec Stolker comme avec tous les autres. Son visage sera bientôt une fente identique à celle du grand frère du Croquemitaine, la chose revenue des tranchées, comme disaient ceux du village.

Les pieds de Hünger peinent à reprendre contact avec la terre. Ses chevilles, meurtries par la corde et le poids de son corps suspendu dans le vide, se dérobent. Plusieurs fois il tombe. L'impression d'avoir des nuages à la place des pieds.

Deux options s'offrent au SS : fuir en abandonnant ce qu'il reste de Stolker, ou tenter de sauver cet autre caporal qui représente tout ce qu'il hait. Hünger ne réfléchit pas avec son cœur mais avec son ventre, il est un homme d'estomac, qui a suivi des traces toute sa vie pour faire qu'il n'y en ait plus d'autres que la sienne.

Dans la cabane, Samuel a disparu, laissant la photo de la famille du caporal Stolker sur la poitrine de Lucien. Le Croquemitaine attrape le cliché, plonge ses yeux bleu ancien dans les visages en noir et blanc et s'arrête sur celui du père. D'abord il ne comprend pas ce qu'il voit. Il caresse la photo à l'endroit du visage, la gratte pour savoir si elle est vivante, s'il y a de la chair et du sang sous le film glacé. Non… Le visage est vrai mais il appartient au passé. Le Croquemitaine est immobile, suspendu à des fils invisibles.

Derrière la vitre, Hünger l'observe. Il a pris sa décision, le Croquemitaine sera son trophée, sa nature de chasseur lui a interdit de fuir, il n'est pas une proie. Dans l'inertie du Croquemitaine, le SS reconnaît la paralysie qui a frappé le maire du village devant cette même photo. À la différence près qu'il sait la torpeur du Croquemitaine passagère.

Hünger voit la mitraillette abandonnée par le Juif sur la table, et alors les chevilles du SS ne sont plus de coton, juste pour quelques secondes. Le temps d'accomplir un acte et tout ce qui va avec. La différence entre l'avant et l'après. Ce qui tient entre les deux est à présent son affaire.

Une rafale retentit.

Le Croquemitaine doublement mitraillé par la Maschinenpistole dont s'est emparé Hünger et la photographie de la famille Stolker tombe au sol, s'écroulant sur lui-même, sans un bruit, comme un affaissement simultané du corps et de la volonté vaincus par des tirs croisés. Les chevilles blessées de Hünger le lâchent, lui aussi chute. Il se traîne jusqu'au Croquemitaine, il tend les doigts vers le cou pour s'assurer de sa mort comme il le faisait avec les bêtes. Il capte le pouls décroissant. Il y a encore de la vie là-dedans. Hünger pointe son arme vers l'animal à abattre, mais la mitraillette n'a plus rien d'autre dans le ventre que des clics de métal.

Hünger saisit le couteau de cuisine fabriqué par M. Morand et l'approche de la gorge du Croquemitaine. Il attrape le bout de papier froissé que le Croquemitaine serre entre ses doigts brunis par la forêt. Encore cette fichue photo ! Hünger la glisse dans sa poche, puis attrape des cordes de chanvre et entreprend de ligoter le Croquemitaine plutôt que de le tuer. Il préfère un prisonnier à interroger qu'un gibier à enterrer.

Hünger descend dans la pièce souterraine. Là où ils ont trouvé Adrian, il voit Steffen Stolker, attaché sur la table. Hünger retourne le corps, son visage est une blessure au centre de laquelle, pour seul signe distinctif possible, luit encore le bleu ancien.

Hünger colle son oreille contre la poitrine du supplicié, reconnaît la valse lente du ventricule et de l'aorte. Un cœur escargot, un cœur quand même. Stolker cligne des yeux, Hünger lui redonne la photo de sa famille et la glisse dans sa main qu'il replie sur le torse, puis murmure :

— Je vais chercher de l'aide. Je reviens. N'oublie pas que tu es là pour survivre, caporal. Ordre du lieutenant Papa von Wissen.

Enfoncé dans l'obscurité, le Juif regarde le SS sortir de la cabane, disparaître à travers des sapins pliés de bourrasques, quitter la nuit assassine. Samuel s'éloigne lui aussi, empruntant la direction opposée. Nord, sud, est, ouest ? Les boussoles sont folles dans cette forêt, autant que les hommes, ici et ailleurs.

Les pieds de Samuel le mènent jusqu'à cette clairière où il a auparavant déterré une mitraillette allemande. Il y en a d'autres, il y en aura toujours. La terre, il le sait, n'est pas avare en pièges du passé. Enterrés mais assez proches de la surface pour être exhumés. À dessein ou par accident.

Mitraillette en main, Samuel revient à la cabane du Croquemitaine, trouve une pioche et une pelle, puis il se dirige là où les hommes ont enterré le corps d'Adrian Stolker. La boue y a l'odeur des saisons enchevêtrées. Samuel sépare des pans de terre aux saveurs d'hiver et d'automne, bâtissant des pyramides brunes de part et d'autre de la tombe. Çà et là fleurissent les promesses d'un printemps qui est un *était*, se formule Samuel, et il en est encore plus foudroyé.

Il remonte le corps de Steffen Stolker, le déshabille entièrement, dépose son uniforme sur la table. Et lui reprend la photo de sa famille.

Samuel étale le corps nu du professeur auprès du Croquemitaine emprisonné dans les cordes par Hünger. Avec le couteau de M. Morand, il taille le visage du Croquemitaine, le travaillant jusqu'à ce qu'il soit le jumeau de Stolker. Un gouffre au bleu ancien.

Samuel traîne un corps sans visage jusqu'à la tombe en bordure de la source. Avant de le déposer sur la dépouille d'Adrian Stolker, il écoute le cœur du sans-visage, la valse lente du ventricule et de l'aorte. Un cœur escargot.

Samuel positionne Adrian et Steffen face à face, puis il recouvre les deux frères d'une terre amoureuse. Il glisse sa main dans le lit de la rivière, d'un pouce humide il efface la lettre « e » sur l'inscription qui barre son front. Et *emet* – « vérité » – devient *met* : « mort ».

Hambourg. Décembre 2020

Le laboratoire d'analyses médicales le plus réputé d'Hambourg ressemble aux salons de beauté de Dubaï au sujet desquels Stéphane a vu un documentaire à la télé allemande. Le sang collecté à l'aide de seringues dessinées par les graphistes des usines Porsche est ensuite recueilli dans une éprouvette en verre satinée et repolie. Stéphane y voit apparaître des étoiles biseautées lorsque son sang y est versé pour une analyse ADN.

Dans une autre salle de prélèvement aux murs recouverts de cuir blanc, Elise donne elle aussi son sang. Tout comme le Croquemitaine, pour un troisième test ADN. Les analyses se poursuivront durant toute la journée.

Philip raccompagne Elise et Stéphane. Chacun souhaite être seul jusqu'aux résultats. Elise chez elle, Stéphane dans un centre commercial. Il est incapable de l'expliquer ni même de se l'expliquer, mais il ressent l'envie de passer la journée dans le plus grand centre commercial de la ville. Ne pas en sortir avant de l'avoir exploré de fond en comble. Philip propose de le déposer au pied de l'Europa Passage.

En route, Stéphane observe Elise dans le rétroviseur comme il l'a fait lorsqu'il était arrivé à Hambourg. Son visage est pétri de la même fatigue, à laquelle s'ajoute une hantise. Cette fois, elle ne le regarde pas, ne lui offre pas son sourire.

Stéphane entre dans un bâtiment qui semble soutenir le ciel et à l'intérieur duquel se trouvent tous les objets inventés par l'homme pour faire face au quotidien, et assez de nourriture pour tenir jusqu'à la fin de ses jours. Il emprunte des escaliers mécaniques qui le dispensent même de mettre un pied devant l'autre. Il s'élève d'étage en étage à travers des guirlandes lumineuses qui annoncent les fêtes de fin d'année.

Après avoir trouvé au grenier les vieux croquis rangés dans la malle avec les affaires de Lucien Faure, la femme de Stéphane les a photographiés un à un puis les a adressés par e-mail à son mari. Stéphane et Elise avaient comparé ces dessins avec les esquisses au fusain réalisées par le grand-père de celle-ci une vingtaine d'années plus tôt. Chaque esquisse avait son double, jusque dans les plus infimes détails, le même nombre de branches sur un arbre et le même nombre de feuilles sur ces branches, même inclinaison d'une herbe, mêmes rochers autour d'un cours d'eau. Le trait du dessin, lui aussi, était strictement identique. Et l'effroi, après celui d'Elise, s'est déposé en Stéphane. Il a alors fallu dire d'où venaient les vieux croquis.

— Un gosse de ma famille, a expliqué Stéphane. En fait, mon grand-oncle. Un cousin de ma grand-mère. Il a perdu son père à la guerre et son frère en était rentré gueule cassée. Le gosse n'avait pas surmonté ça, il a disparu dans la forêt en 1918. Personne n'a jamais su ce qu'il était devenu. Ses dessins de nature étaient fameux dans ma famille, quand j'étais petit on me les montrait en exemple car il n'avait que 7 ou 8 ans quand il les a réalisés. On disait qu'il pouvait rester des heures sans rien faire d'autre qu'observer. Et quand il avait tout engrangé dans sa tête, il dessinait.

Dans le bureau du graphologue à qui Philip a demandé d'analyser les dessins, Elise et Stéphane se sont entendu dire qu'il n'y avait pas le moindre doute. Ces esquisses, à un siècle d'écart, étaient l'œuvre de la même main.

Sans que personne le formule clairement, la possibilité que l'homme revenu de la guerre sous le nom de « Croquemitaine », le visage en partie détruit, ne soit pas le même que celui qui avait quitté la gare d'Hambourg en 1941 a alors germé et grandi dans l'esprit de chacun.

Ce soir, les examens ADN valideront ou invalideront l'idée folle selon laquelle le Croquemitaine ne serait pas l'ancêtre d'Elise mais bien un parent de Stéphane. Le grand-oncle disparu. Le petit-fils de Lucien Faure. Une ombre.

Hôpital militaire d'Hambourg. Avril 1944

Le visage du patient est recouvert de bandages d'où émergent deux yeux bleu ancien. Il ne peut ni parler ni bouger. Juste ressentir la douleur, car il n'y a plus assez de morphine pour soulager la souffrance de tous ceux qui affluent dans cet hôpital militaire hambourgeois où il a été transféré après deux mois de coma et d'interventions chirurgicales. Sans qu'il comprenne rien, une infirmière lui dit qu'il va falloir réapprendre à parler, à marcher, à vivre, et l'histoire, avec ses *h* majuscule comme minuscule, se répète.

Des hommes en uniformes identiques à ceux qu'enterrait le Croquemitaine se pressent à son chevet. On lui dit qu'il est un héros et c'est un mot qu'il comprend. On lui dit qu'il est un homme solide et que lorsqu'il sera sur pied, la nation aura encore besoin de lui dans sa grande marche vers la victoire.

Quelques mois plus tard, le faux héros sera officier dans un camp d'extermination. À l'exception des ordres, peu de mots sortiront de sa bouche, des mots rauques aux sonorités dépourvues de voyelles. Mais lorsqu'il chantera des comptines françaises aux enfants juifs avant de les assassiner, sa voix redeviendra aussi claire que celle d'un petit garçon qui joue à fabriquer la mort. Pour de vrai.

— « Colchiques dans les prés fleurissent,
fleurissent,
Colchiques dans les prés,
c'est la fin de l'été. »

Hambourg. Décembre 2020

STÉPHANE arpente les rayons du centre commercial où le vert et le rouge des décorations de Noël lui évoquent une forêt de plastique aux sapins ensanglantés. Réglé en mode silencieux, son smartphone s'illumine constamment et sur l'écran s'affichent les noms d'Elise, de Philip et même de Christopher Beckenbaueur. Stéphane laisse la voix préenregistrée du répondeur parler à sa place. Des chiffres, encore des chiffres, s'agitent, clignotent puis disparaissent, mais cette fois Stéphane ne rêve pas.

Il a remarqué que les sept étages du centre commercial sont organisés sur le modèle des pièces d'une maison : la cuisine, le salon, la chambre, la salle de sport, la buanderie… Et tout en haut, le grenier ? Avec ses malles ?

Plus il avance et plus il éprouve le sentiment d'être ici chez lui. Il continue de monter, prenant son temps. Il veut profiter de chaque article. Bientôt, il arrivera au dernier étage, beaucoup trop vite. Il ne sait pas où il ira après. Il décidera plus tard. Ou ne décidera rien.

Haute Corrèze. Janvier 1944

Des uniformes se déploient autour de la cabane du Croquemitaine que cerne un timide soleil matinal. Des véhicules militaires approchent, les moteurs se taisent, la silhouette mal assurée d'un homme comme encombré de ses pieds descend d'un camion. Hünger a retrouvé ses habits de SS, il entre dans la cabane, s'arrête sur le seuil, un pas dehors, un pas dedans. Là où il a laissé le Croquemitaine, il n'y a plus que des cordes tranchées. Hünger éprouve un mélange d'irritation et d'adrénaline à l'idée que sa proie lui ait échappé, et il a ce réflexe de se tourner vers la cime des sapins. Avec l'inquiétude – l'envie ? – que résonne l'écho d'un vieux fusil de chasse.

Il en est un au faîte des arbres qui ne le quitte pas des yeux. Une ombre qui n'est pas l'ombre, un regard qui n'est pas d'un bleu ancien les observe, insectes au pied des racines. Samuel est invisible, maquillé de forêt il veut voir les assassins en rouge et noir emporter un monstre chez les monstres. Pour les détruire. Samuel croit avoir joué un tour à la folie, mais il ignore que la folie n'a ni règle, ni stratégie, ni logique. Le diable n'est le serviteur de personne.

Dans la cabane, les soldats n'ont aucun regard, aucune interrogation pour le cadavre de Lucien Faure, allongé au coin de la cheminée comme s'il faisait partie des meubles. Ou tout simplement, pour eux, voir des morts est devenu plus naturel que côtoyer des vivants. Hünger descend dans la salle souterraine animée de son bourdonnement diffus, un soldat y chasse des mouches paresseuses et se penche vers l'homme allongé sur la table, inconscient. Le corps entravé de cordes est recouvert de blessures, la face mutilée. Ne subsiste d'humain qu'un regard bleu ancien.

Hünger approche, il délie la main resserrée sur elle-même comme s'il cherchait un joyau dans l'entrelacs des lignes de vie et de chance. Il retrouve la photo de famille de Stolker là où il l'a placée avant de quitter la cabane. Elle est marbrée de sang, le papier si froissé que les sourires sur les visages sont désormais des ratures. Hünger se penche sur le cœur.

— Le vieux von Wissen avait raison, dit Hünger à un soldat. Le caporal Stolker rentrera chez lui vivant.

Hünger assiste aux premiers soins prodigués à cet autre caporal qu'il a tant maudit et plus encore voulu sauver pour finir. Cru sauver... Compresses, désinfectant et surtout ces tubes jaune et bleu. Méthylamphétamine, Pervitin, fierté des laboratoires pharmaceutiques Temmler-Werke que Hünger saisit quand on lui en tend un puis qu'il jette en se disant que les petits cachets blancs et magiques feront sans aucun doute du laboratoire qui les fabrique l'un des vainqueurs de la guerre, quelle qu'en soit l'issue.

Il entend les hommes qui s'amusent à faire frémir les moteurs Mercedes-Benz au cœur des bois et il a alors la vision claire et distincte d'automobiles surpuissantes, rutilantes et silencieuses qui conduiront les dirigeants des nations pour des siècles encore, avec toujours cet insigne qui orne la calandre d'un viseur. « Oui, se dit-il alors, ce seront bien eux les vainqueurs : M. et Mme Mercedes-Benz. Et toi, petit chasseur, tu leur as bâti un royaume en abandonnant ta Forêt-Noire. Tu croyais quoi ? »

Hünger n'a aucun sourire pour sa naïveté. Et il a une autre vision, celle de lui-même, Friedrich Hünger, dans un train, rentrant vivant chez lui après la guerre. La petite gare de son village, la rue de son enfance où habitent encore ses parents, la façade de ce qu'il appelait « chez moi ».

Mais non, il n'y entrera pas, il se dirigera vers l'auberge, la seule, il prendra une chambre sans que Mme Hösner reconnaisse le petit Friedrich.

Il fermera les volets, il n'ouvrira pas les bouteilles de schnaps distribuées aux soldats vaincus.

Il ne saura plus quoi faire de lui. Il restera dans le noir.

Remerciements

Ce roman a grandi dans la lecture du livre de Christopher R. Browning, *Des hommes ordinaires* (10/18 Bibliothèques – Les Belles lettres).

Mes remerciements à Laurent Cherrière pour sa lecture et ses conseils.

Ma gratitude à Isabelle Desesquelles qui m'a accompagné dans l'écriture de ce texte.

Dans la même collection

30 histoires insolites qui ont fait la médecine, Jean-Noël Fabiani
À la folie, Clémentine Célarié
Affaires de famille, Agnès Naudin
Aliénor, l'insoumise, Isaure de Saint Pierre
Avec vue sur la mer, Didier Decoin
Blanquette, Laure Buisson
Bon à rien, Natalie David-Weill
Ces nazis qui ont échappé à la corde, Jean-Paul Picaper
Code Salamandre, Samuel Delage
Dans la tête de Donald Trump, Anne Toulouse
Dans son cœur sommeille la vengeance, Sonia Mabrouk
Déjeuner en paix, Charlotte Gabris
Deux femmes dans la tourmente, Teresa Messineo
Donne-moi des fils ou je meurs, Maud Jan-Ailleret
Et vous, vous y croyez ?, Hubert Prolongeau
Gump & Cie, Winston Groom
Harry et Franz, Alexandre Najjar
Histoires extraordinaires de la Résistance française 1940-1945, Dominique Lormier
Histoires extraordinaires de la Seconde Guerre mondiale, Dominique Lormier
Impasse Verlaine, Dalie Farah
J'ai décidé de vivre, David Milliat, Christophe Henning
Je suis né à 17 ans…, Thierry Beccaro
Johnny, le guerrier, Gilles Lhote
Juliette de Saint-Tropez, Valentin Spitz
L'écriture du monde, François Taillandier
L'homme qui fuyait le Nobel, Patrick Tudoret

Dans la même collection

L'odeur de l'herbe après la pluie, Patrick Jacquemin
La croix et le croissant, François Taillandier
La Fille du delta, Frédérick d'Onaglia
La petite bibliothèque du bonheur, Felicity Hayes-McCoy
La petite fille du phare, Christophe Ferré
La sœur du Roi, Alexandra de Broca
La Vengeance du loup, Patrick Poivre d'Arvor
La vie sauvage des femmes, Bénédicte Brézillon
Lâcher prise, Benoît Aymonier
Le Faux Pas, Frédérick d'Onaglia
Le Pacte interdit, Henri Bellotto
Le Parrain et le Rabbin, Sam Bernett
Le Pays d'où l'on ne revient jamais, Julien Thèves
Le petit café du bonheur, Felicity Hayes-McCoy
Le peuple des abattoirs, Olivia Mokiejewski
Le Soleil rouge du tsar, Violette Cabesos
Le Squale, Francine Kreiss
Le Tableau, Laurence Venturi
Les 100 000 collabos, Dominique Lormier
Les infirmières de Notre-Dame, * *Flavie*, Marylène Pion
Les infirmières de Notre-Dame, ** *Simone*, Marylène Pion
Les infirmières de Notre-Dame, *** *Évelina*, Marylène Pion
Les infirmières de Notre-Dame, **** *Les* Nursing Sisters, Marylène Pion
Les jeunes femmes de 50 ans, Mylène Desclaux
Les femmes du Général, Gérard Bardy
Les sandales blanches, Malika Bellaribi
Mademoiselle dite Coco, Madeleine Mansiet-Berthaud
Merci maîtresse !, Anouk F.

Dans la même collection

Molière, chef de troupe, Francis Perrin
Mon étrange sœur, Marie Le Gall
Mortelle tentation, Christophe Ferré
N'abandonnez jamais, ne renoncez à rien, Francis Huster
Nouvelles histoires extraordinaires de la Résistance, Dominique Lormier
On s'aimera, Clémentine Célarié
Pourquoi je t'aime, Francis Huster
Poutine, Frédéric Pons
Quand Maman plantait des brosses à dents, Christelle Bardet
Quelle histoire !, Michèle Cotta
Requiem pour un chat, Olivier Bellamy
*Rumeurs d'un village, * La sentence de l'Allemand*, Marylène Pion
*Rumeurs d'un village, ** L'heure des choix*, Marylène Pion
Sortie(s) de secours, Caroline Langlade
Sous le manteau du silence, Claire Bergeron
Tyrannie, Richard Malka
Un écrivain, Laure Arcelin
Une aventure monumentale, Olivier Dutaillis
Vengeance à temps partiel (série *Sisterhood*), Fern Michaels
Zoo Station, David Downing

Imprimé en France par CPI
en février 2021
N° d'impression : 2056328
Dépôt légal : mai 2021
ISBN : 978-2-3791-3091-5

www.monpoche.fr